밥보다 진심

내 마음 모를 때
네 마음 안 보일 때

52개 진짜 마음 사용 설명서

밥보다 진심

내 마음 모를 때, 네 마음 안 보일 때
52개 진짜 마음 사용 설명서

초판 1쇄 인쇄 2021년 9월 30일
초판 1쇄 발행 2021년 10월 5일

지은이 김재원
펴낸이 전지운
펴낸곳 책밥상
디자인 Studio Marzan 김성미
등록 제 406-2018-000080호 (2018년 7월 4일)
주소 경기도 파주시 문발로 197 우편번호 10881
전화 031-955-3189
이메일 woony500@gmail.com
블로그 https://blog.naver.com/woony500
인스타그램 https://instagram.com/booktable1
인쇄 다다프린팅 **제책** 에스엠북

ISBN 979-11-91749-01-4 03800 ©2021 김재원

밥보다 진심

내 마음 모를 때
네 마음 안 보일 때

52개 진짜 마음 사용 설명서

김재원 지음

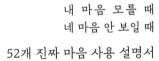

책밥상

이 책을
나의 영원한 스승이자
아버지인
故 김광웅 선생님(1940-2019)께
바칩니다.

내 감정
어디까지 진심일까?

토비 맥과이어Tobey Maguire와 리즈 위더스푼Reese Witherspoon이 주연한 1998년 영화 〈플레전트빌Pleasantvillle〉에서 질서정연한 유토피아처럼 보였던 흑백의 세상은 사람들이 사랑, 미움, 슬픔, 분노 등 미처 알지 못했던 감정들을 깨닫게 됨에 따라 총천연색으로 서서히 물들어간다. 여러 번 보아도 늘 아름답고 경이롭기만 하다. 영화 속 캐릭터들이 감정과 욕망을 지니며 생생하게 살아 숨 쉬게 되는 과정을 지켜보면서 마음 한구석이 트이는 경험까지 하게 된다.

이렇듯 사람으로 태어나 다양하고 복잡한 감정을 느낄 수 있는 것은 사람을 사람답게 살아가게 하는 크나큰 축복이다. 동시에 사람을 불행과 고통에 빠져들게 할 수 있는 미숙하고 원초적이며 위험한 감정도 어쩔 수 없이 감수해야 한다.

살면서 누구나 부끄럽거나 후회되는 일을 곱씹고 괴로워하며 잠 못 이루는 밤을 보냈던 기억이 있을 것이다. 너무 힘들어서 마음이 찢어져버리는 것 같았던 경험도 어디 한두 번 뿐이었을까.

정신과 의사도 사람인지라 무수한 감정에 휘둘리며 지내는 것이 일상이다. 우울, 불안, 질투, 의심, 공포, 분노 등등 나열하면 한도 끝도 없다. 어려서부터 유독 고통스럽고 힘든 감정들에 휩싸이며 불안불안한 유년기와 청소년기를 보내온 나는 항상 이렇게 다양한 감정에 대한 의문을 품어왔다.

'내가 이렇게 느끼는 게 정상인가, 비정상인가?'

'자연스런 감정과 그렇지 못한 감정은 어디서 어떻게 차이 나는 것일까?'

'내 뜻과 상관없이 제멋대로 요동치는 감정을 어떻게 하면 잘 다스릴 수 있을까?'

불행히도 어릴 때는 답을 얻지 못했다. 설령 물어볼 사람이 있었더라도 내 속내를 내보이지 못했을 것이다. 내 성격상 그런다는 자체를 매우 부끄러워했을 테니까.

의과대학 공부에서 정신의학의 매력에 빠지고 정신과 의사가 되어 정신의학의 수많은 분야 중 어린이와 청소년을 돌보며 기분과 불안을 전공하기로 마음먹은 배경에는 어릴 적부터의 의문에 대한 해답을 찾고 싶은 무의식적인 소망과 동시에 나와 비슷한 경험으로 힘들어하는 사람들을 돕고자 하는 마음이 자리 잡고 있었을 것이다.

정신의학을 본격적으로 공부하고 정신과 의사로 이십여 년간 살아오며 감정에 대해 많이 배우고 경험했다. 감정에는 맞고 틀림이 없었다. 좋은 감정이든 나쁜 감정이든 다 쓸모가 있었다. 미숙한 감정과 성숙한 감정은 동전의 양면일 때가 많았다. 같은 듯 보이지만 실제로는 같지 않은 감정들을 무 자르듯이 명확하게 구분하기 어려웠다. 양날의 검처럼 쓰임에 따라 장점도 단점도 될 수 있는 감정도 있었다. 감정들은 서로 연결되며 더 커지기도 하고, 서로를 잠재울 수 있는 연결 고리가 있기도 했다.

하나의 감정을 제대로 직시하고 다루지 못하면 연결된 다른 감정들이 전면으로 나서며 본연의 감정을 숨기고 희석시켰다. 무슨 생명체들을 다루듯 감정에 대해 이야기하고 있냐고 생각할 수도 있겠다. 맞다. 감정들은 유기적으로 연결되어 서로 영향을 주고받는다는 점에서 생물체에 비유해도 전혀 이상할 것이 없다.

나는 사람들이 자기가 느끼는 감정이 도대체 무엇인지 제대로 들여다보고, 그 경계와 수위를 알아차려 삶에 도움이 되는 무기로 감정을 사용할 수 있기를 바라는 마음에서 이 책을 쓰기 시작했다. 총 52가지의 감정을 2개씩 짝지어 다루면서 감정의 순기능은 최대화하고 역기능은 최소화시킬 수 있는 비책을 담아보려고 했다. 구체적으로 건강하고 건설적인 감정은 더욱 성숙, 성장, 승화시키고, 건강하지 못하고 병적인 감정은 최대한 피하거나 가라앉힐 수 있는 방법을 정리했다.

이 책은 두 부분으로 나뉘어 있다. 1부에서는 수치심과 죄책감, 부러움과 질투 같이 서로 엇비슷해 보이는 감정을 나란히 놓고 비교하며 감정의 경계를 구분지어 보고자 했다. 우리가 의외로, 같아 보이지만 서로 다른 감정의 경계 위에서 아슬아슬하게 줄타기를 하며 살아가고 있음을 깨닫게 될 것이다. 경계에서 어느 쪽으로 넘어가는지는 정말 한 끗 차이인데, 이 책에서 알려주는 감정의 실체와 구분점을 잘 이해하고 감정을 건강하고 현명하게 다루는 방법을 습득한다면 마음과 일상의 균형을 찾아가는 데 많은 도움을 받을 수 있을 것이다.

　1부에서 내 마음의 중심을 잡고 균형을 맞추는 방법을 정리했다면 2부에서는 마음의 지향점을 타인에 놓고, 사람이 함께 살아가기 위해 서로 노력이 필요한 감정에 초점을 맞추었다. 타인과 관계를 맺어가는 데 동전의 양면처럼 서로 붙어 있는 감정을 어떻게 하면 건강하고 바람직한 방향으로 다루고 사용해서 모두가 행복해지는 인간관계를 만들 수 있을지를 고민해 보았다(이렇게 써놓고 보니 너무 거창해 보인다. 하지만 진짜다).

　정신과 의사로 만나는 환자와 보호자부터 시작해서 친구, 동료, 선후배, 연인, 부부, 부모-자녀 관계에 이르기까지 수많은 인간관계를 경험하고 시행착오를 겪으며 얻은 깨달음을 곳곳에 녹여보려고 했다. 나와 관계하는 타인의 마음을 이해하고 존중, 배려함으로써 보다 건강하고 성숙한 인간관계를 만들어나갈 수 있는 방법을 알려준다는 이 책이 벌써부터 기대되지 않는가. 이 책을 읽은 당신은 내 마음의 중심을 단단하게 지키면서 타인의 마음도 배려하는 현명함을 두루 갖춘 사람이 되어 있을 것이다.

'밥보다 진심'이라는 책 제목은 처음부터 정해놓고 시작했다(내가 지었다). 원래 밥을 안 좋아해서 밥보다 뒤에 무엇이 붙든 내게는 밥보다 좋은 것이지만, 출판사 책밥상의 〈밥보다 시리즈〉에 입성했다는 것만으로 큰 영광이다. 2020년의 한여름에 '감정에 대한 친절한 강의' 같은 책이 되면 좋겠다는 편집자의 격려에 용기를 얻어서 쓰기 시작한 책이 결국 이렇게 마침표를 찍을 수 있게 되었다.

무엇을 하든 어깨에 힘이 많이 들어가는데 이번 책에서는 어깨의 힘을 최대한 빼려고 노력했다. 하지만 선생이 직업인지라 가르치고 알려주려는 자세까지 덜어내지는 못했다. 다만 나의 지식과 경험을 최대한 이해하기 쉽게 전달하려고 애썼다는 것만은 읽는 사람들이 알아주었으면 하고 바란다.

이 책은 정신과 의사로 살아오면서 스스로의 감정을 살피고 다루어온 기록이기도 하다. 아버지, 어머니, 아내와 아이들, 그리고 그동안 나와 관계를 맺은 모든 사람들에게 감사한다. 좋은 관계, 나쁜 관계 할 것 없이 배우는 것은 항상 있었다. 나쁜 사람들에게는 더 많이 감사한다. 덕분에 나쁜 관계를 맺는 실수를 되풀이하지 않는 힘도 키울 수 있었다. 그러고 보니 이 책은 좋은 사람을 감별하고 나쁜 사람을 솎아내는 능력을 키우는 데도 도움이 될 수 있을 것이다.

자신과 타인에게 마음을 잘 사용함으로써, 사람과 세상이 더 행복해지기를 바라는 진심, 사람이 사람답게 살아가고 더 나은 사람이 되려고 노력하기를 바라는 진심을 담아 이 책을 독자들에게 선보인다. 밥상의 밥을 옆으로 치워놓고 배고픔도 잊은 채 독서에 몰두할 수 있는, 그런 책이 되었으면 한다.

세상에 보탬이 되는 책이 되기를 바라면서
김재원

Chapter 2 타인을 '배려'하는 마음 사용 설명서

Chapter 1

내 감정의 '균형'을 위한
마음 사용 설명서

아버지가 남긴 마지막 선물

우울 ❶ 애도

◎ 슬픔은, 나누면 반

아버지가 돌아가셨다. 예고되지 않은 갑작스런 이별이어서 슬픔과 충격이 매우 컸다. 외상후스트레스장애posttraumatic stress disorder, PTSD 수준이었다.

연구년 기간 동안 멘토 중 한 명인 미국 피츠버그대학의 데이비드 브렌트David Brent 교수는 부모의 갑작스런 죽음이 자녀의 심리와 발달에 어떻게 영향을 미치는지 오랫동안 연구해 왔다. 2018년에는 216명의 아동·청소년을 7년 동안 추적 관찰한 연구 결과를 발표하기도 했다.[1] 논문을 읽으면서 항상 남의 이야기라고 생각했는데 그 일이 실제로 내게 닥칠 줄은 꿈에도 생각하지 못했다.

언젠가는 다가올 일이라 생각해서 머릿속으로 부모님의 임종 장면을 그려보기도 했었다. 마지막 인사를 어떻게 할까, 손을 꼭 잡아 드려야지……. 부질없는 상상이었다. 여행을 떠나시기 전 드렸던 인사가 마지막이었다. 한 주 사이에 온기를 잃은 주검으로 돌아온 아버지를 마주하면서 삶과 죽음의 경계는 정말 문턱 하나만도 못하구나, 라고 생각했다.

우울한 기분은 한동안 지속되었다. 길을 가다가 아버지를 닮은 분이 멀리 보이면 한참을 쳐다보았다. 바쁘게 일할 때에는 잊고 있다가 하루 일과가 끝나면 기다렸다는 듯 눈물이 흘러내렸다. 사는 게 재미 없고 무엇을 하든 즐겁지가 않았다. 인생이 부질없다는 생각에 사로잡혔다. 여행지에서 하룻밤 사이에 남편을 잃은 어머니를 걱정하고 위로하면서 괜히 씩씩한 척하는 것도 쉽지 않았다.

하지만 배운 것도 있다. 슬픔의 일종인 애도grief, mourning 과정을 겪으면서 애도와 우울이, 정확히 말하면 정상적인 애도와 주요우울장애major depressive disorder가 어떻게 다른지 잘 알게 되었다.

애도와 우울의 차이를 알기 위해 먼저 정신의학에서 대표적인 진단 체계로 사용하는 〈정신질환의 진단 및 통계 편람 제5판(DSM-5)〉에 정의된 주요우울장애의 진단 기준을 살펴보면 다음과 같다. 증상은 하루 중 대부분 그리고 거의 매일 나타나야 한다.

1. 슬픔, 공허감 또는 절망감을 포함하는 우울한 기분
2. 일상 활동에 대한 흥미나 즐거움에 뚜렷한 저하
3. 현저한 체중 변화(식욕 감소나 증가와 관련해 1개월 동안 5% 이상 체중 감소 또는 증가)
4. 불면이나 과수면과 같은 수면 장애
5. 정신운동(생각과 행동) 속도의 지연이나 초조
6. 피로나 활력의 상실
7. 무가치감 또는 과도하거나 부적절한 죄책감
8. 집중력이나 사고력 감소 또는 우유부단함
9. 반복적인 죽음에 대한 생각, 구체적인 계획 없이 반복되는 자살 생각, 또는 자살 시도에 대한 구체적인 계획

위 9가지 증상 중 5가지 이상이 2주 연속으로 지속되어야 하고 증상 중에는 1의 우울한 기분이나 2의 흥미나 즐거움 상실

이 반드시 포함되어야 한다. 그리고 일상생활을 제대로 할 수 없을 정도로 증상으로 인한 고통이 뚜렷해야 한다.

우울증에서는 행복이나 재미를 느낄 수 없는 우울한 상태가 지속되는 것이 특징이다. 이와는 다르게 애도 과정에서는 공허감과 상실감을 느끼며 망자亡者에 대한 기억에 사로잡힌다.

나를 돌아볼 때, 우울했고 삶이 재미없어지기도 했지만 가끔 소소한 즐거움에서 행복을 느끼기도 했다. 그리고 우울한 기분은 명백히 상실감에서 비롯되는 것이었다.

애도 과정에서 경험하는 감정은 죽은 사람과 관련한 생각과 기억에서 비롯되고 '상대에 대한 상실loss'에 초점이 맞추어지기에 애도 중에는 자존감이 온전하게 보존된다. 반면 우울증에서는 모든 감정의 초점이 '자신self'에게로 향하면서 상실과 관련 없는 무가치감이나 자신에 대한 경멸, 부적절한 죄책감과 같은 감정을 느끼게 된다.

나는 아버지를 더 자주 찾아뵐 걸, 아버지께 평소 더 살갑게 대할 걸 하고 후회하고 자책했지만 이것이 나에 대한 비난이나 자기비하로 이어지지는 않았다.

애도는 정서적인 유대감을 강화시킨다. 가족을 잃은 슬픔을 나누면서 어머니, 동생과 더욱 가까워졌다. 슬픔은 나눌수록 작아진다는 말을 실감했다. 애도 중에는 이렇게 가족이나 타인과 가까이 지내면서 위안을 얻을 수 있는 반면, 우울증 상태에서는 대인관계를 거부하며 스스로를 고립시키는 것이 일반적이다.

한편, 정상적인 애도와 병적인 애도를 구분하기도 한다. 〈DSM-5〉 진단 기준에는 추가 연구가 필요한 상태로 '지속성 복합애도장애persistent complex bereavement disorder'를 제시하고 있다. 친밀한 관계에 있던 사람의 죽음을 경험한 후 다음과 같은 증상을 경험하는 날이 그렇지 않은 날보다 더 많을 때 고려하는 진단이다.

- 죽은 사람에 대한 지속적인 갈망과 그리움
- 죽음에 대한 반응으로 느끼는 강렬한 슬픔과 정서적 고통
- 죽은 사람에 대한 집착
- 죽음을 둘러싼 상황에 대한 집착

이외에도 죽음을 받아들이지 못하고 믿지 못하며, 죽은 사람을 긍정적으로 추억하지 못하고 분노하기도 한다. 죽은 사람이나 죽음과 관련해 자기를 비난하며 죽은 사람과 관련된 사람이나 장소, 상황을 과도하게 피하기도 한다. 인생이 무의미

　내 감정의 '균형'을 위한 마음 사용 설명서

하거나 공허하다고 느끼고 죽은 사람 없이는 자신이 살 수 없다고 믿는다. 자신의 일부가 죽은 사람과 함께 죽어버렸다고 느끼기도 한다.

이러한 증상들이 성인에서는 12개월 이상, 아동에서는 6개월 이상 지속되면 지속성복합애도장애로 진단할 수 있다. 바꿔 말하면 12개월까지는 앞서 말한 행동들을 정상적인 애도 형태로 볼 수 있다는 뜻이기도 하다.

◎ 슬픔, 온전히 마주하고 안아주기를

그렇다면 병적인 애도나 우울증에 빠지지 않고 슬픔과 애도를 겪어나갈 수 있는 방법은 있을까? 그러기 위해서는 애도 과정 중에 내가 느끼는 감정을 온전히 깨닫고 수용할 수 있어야 한다.

상실과 애도를 먼저 경험해본 사람들은 "세월이 약이니 시간이 지나면 괜찮아질 것이다"라고 위로해주지만, 세월이 흘러간다고 저절로 슬픔이 치유되는 것은 아니다. 울고 싶다면 울고 화가 나면 화를 내야 한다. 상실감에서 오는 우울한 기분도 부정하지 말고 받아들여야 한다.

정신과 의사인 엘리자베스 퀴블러 로스Elizabeth Kübler-Ross가 임종 연구를 하면서 제안한 애도의 5단계인 부정denial, 분노 anger, 타협bargaining, 우울depression, 수용acceptance 과정에서 경험하는 심리 상태를 잘 아는 것이 애도를 건강하게 겪어내는 데 도움이 된다.

먼저 부정 단계는 정서적 고통을 최소화하려는 생존 반응이다. 흔히 부정은 미성숙한 방어 기제defense mechanism로 알려져 있는데 애도 과정에서 경험하는 부정은 미성숙이나 성숙의 잣대로 판단할 수 없는 정상적인 감정임을 이해해야 한다. 부정은 상실이 존재하지 않는 것처럼 여김과 동시에 우리가 상실을 현실로 받아들이고 수용하는 과정까지도 포함한다.

두 번째 단계에서 느끼는 분노도 자연스런 감정이다. 분노에 동반되는 두려움이나 공포를 인정하고 적절하게 표현하는 것이 중요하다.

타협 단계에서는 신과 같은 절대적 존재에게 죽음을 돌이킬 수 있지는 않은지 묻게 된다. 내가 어떻게 했더라면 죽음을 막을 수 있지 않았을까 되뇌며 죄책감을 느끼기도 한다.

우울 단계에 이르면 슬픔과 후회, 자책 같은 감정을 경험하며 죽은 사람이 없는 현실을 직시하게 된다. 그리고 마지막 수용 단계에서는 비로소 죽은 사람이 떠난 새로운 현실을 인정하고 받아들이게 된다.

아버지가 돌아가신 지 6개월이 되었다. 아버지를 마음속에 간직하며 서서히 이별을 받아들이고 있다. 아버지의 유품으로 남은 말과 글, 사진을 정리하며 아버지와의 기억을 돌아본다. 어머니도 이제는 아버지와의 추억을 돌아보며 가끔 웃으신다. 가족들이 모여서 아버지가 옆에 계셨으면 차마 하지 못할 흉을 보기도 한다. 날이 좋으면 산소에 가서 우리가 어떻게 지내고 있는지 들려드리며 좋아하시던 와인을 한 잔 따라드린다.

우리 가족은 이렇게 슬픔과 애도를 함께 겪어내고 있다.

Self Check

1. 나에게 가장 큰 슬픔으로 다가왔던 상실의 경험은 무엇인가?

2. 그때 내가 겪은 감정을 '애도의 5단계' 과정에 비추어 생각해 보자.

돌다리도 지나치게 두드리는 마음은

병적인 불안 ◑ 신중한 불안

◎ 배려와 예의를 지키게 하는 힘, 불안

"성격은 내향적이고 신중함이 지나쳐 가끔은 '돌다리를 지
나치게 두드린다'라는 말도 들으나, 사려가 깊고 매사에
심사숙고하는 태도는 장점으로 작용할 때가 더 많습니다."

2007년 의과대학 교수 지원 시 자기소개서에 썼던 내용이다.
다른 자기소개서에도 이와 비슷한 내용을 썼었다. '돌다리도
두드려보고 건너는' 나를 어려서부터 자랑스러워했기 때문이
다. 그런데 언제부터인지 모르게 이 말이 굴레처럼 느껴지기

시작했다.

　문제는 '지나치게' 두드린다는 점이었다. 지나친 신중함 아래에는 극심한 불안이 깔려 있다는 것을 깨달았다. '돌다리가 튼튼해 보이기는 한데 건너다가 무너지면 어떡하지' 하는 걱정과 불안이 먼저였던 것이다.

"엄마가 동생을 업고 있었는데 기억상실증에 걸려서 다른 친구를 엄마 딸이라고 했어요. 그리고 미사일인가 폭탄인가가 날아와서 나를 폭파했어요."

　2007년 큰아이가 초등학교 입학 전날에 꾸었던 꿈이다. 그때는 아이의 꿈을 초등학교 입학을 앞둔 긴장과 불안 상태를 반영한 불안몽anxiety dream으로 이해했다.

　엄마가 기억상실증에 걸려서 다른 친구를 내 딸이라고 한 것에는, 학교라는 낯선 세상을 마주하면서 엄마와 떨어지는 것에 대한 분리 불안separation anxiety과 자기가 잊히고 버림받는 것은 아닌지 하는 유기 불안fear of abandonment의 의미가 담겨 있다. 미사일이 날아와서 자신을 폭파한 것은 더 근원적인 불안인 해체 불안disintegration anxiety을 반영한다. 해체 불안은 가장 원초적인 수준의 불안으로 내가 조각조각 분열되는 것은 아닐까, 내가 이 세상에서 소멸되는 것은 아닐까 하는 공포감에서 발생한다.

　이러한 분리 불안, 유기 불안, 해체 불안은 영유아기 발달 과정 중 정상적으로 경험하는 감정이다. 예를 들어 분리 불안은 생후 10~12개월 정도에 나타나는데, 분리 불안의 정도가 아무리 심해도 생후 30~36개월까지는 정상으로 본다.

이처럼 사람은 누구나 태어나서 불안을 경험하고, 적당한 걱정과 불안은 사람이 살아가는 데 반드시 필요하다. 불안해하지 않으면 시험에서는 과락을 면치 못하고, 직장에는 밥 먹듯이 지각하며, 중요한 업무의 마감을 놓치는 일이 허다할 것이다. 이런 사람이 조직이나 사회의 일원으로 받아들여질 수 있을까? 모두가 같이 일하고 싶지 않아서 피하는 사람으로 낙인찍히게 될 것이다.

　불안은 미래의 위협에 대한 예측에서 발생하는 감정이다. 언젠가 다가올 수 있는 위기를 경계할 수 있어야 위험에 대한 대처 능력도 키울 수 있다. 매사에 신중하고 조심하는 사람은 이런 불안의 긍정적인 기능을 잘 활용하는 사람으로 자신의 말이나 행동이 초래할 수 있는 부정적인 결과에 대해서도 예측하고 대비한다. 적당한 걱정과 불안은 타인을 배려하며 예의를 지키는 데 도움이 된다.

이메일이나 문자가 오갈 때 내가 아랫사람이면 항상 나의 답장이 마지막이 되도록 노력해왔다. 그렇게 하는 것이 윗사람에게 지켜야 할 예의라고 생각했고 아이들에게도 똑같이 가르치고 있다.

"네가 항상 마지막으로 답장해야 해. 전화도 네가 나중에 끊어야 해."

지금은 비교적 윗사람이 되기도 했고 의사소통이 충분히 되었다고 생각하면 회신을 하지 않기도 한다.

그런데 돌아보면 아랫사람일 때 내가 지나치게 타인의 시선에 신경을 쓰지 않았나 하는 생각도 든다. 윗사람뿐 아니라 아랫사람에게도 내가 보내는 답장이 마지막이어야 마음이 편했다. 무슨 큰 잘못을 한 것이 아닌데도 죄송하다, 미안하다는 말을 입버릇처럼 달고 살아왔다. 작은 실수라도 해서 남에게 폐를 끼칠까 봐 항상 걱정했다.

그러나 역시 타인을 배려하는 마음이 있었기에 스스로를 전전긍긍하게 만들기는 했지만 결과적으로는 나라는 사람을 예의바르게 만들었고, 시간이 지나면서 '균형'을 찾으려는 나의 마음은 자연스럽게 '불안'과 '배려' 사이를 조율할 수 있었던 게 아닐까라고 생각한다.

◎ 나의 불안은 '안녕'한지

옳은 판단을 가져올 수 있는 신중한 불안과 과도해서 일을 그르칠 수 있는 병적인 불안을 어떻게 구분할 수 있을까? 앞서 '돌다리를 지나치게 두드렸던' 나를 돌아볼 때 이에 대한 답을 얻을 수 있다.

첫째, 병적인 불안은 안전한 상황조차도 위험하다고 해석하게 만든다. 한마디로 위험을 과대평가하는 것이다. 이는 비이성적인 논리와 사고에서 비롯되는데 전문 용어로는 생각 오류thinking errors나 인지 왜곡cognitive distortion이라고 한다.

누가 봐도 튼튼해 보이는 다리가 무너지는 것은 최악의 시나리오다. 이렇게 최악의 시나리오가 발생할 것이라고 가정하는 것을 파국화 오류catastrophizing errors라고 하고 대표적인 인지 왜곡 중 하나다. 불안 장애의 인지 행동 치료에서는 이러한 인지 왜곡을 깨닫게 하고 노출exposure 훈련 등으로 교정하게 된다. 노출은 말 그대로 공포나 불안을 유발하는 상황에 점진적으로 노출시키면서 실제로는 그 상황이 위험하지 않고 안전함을 경험하게 하는 치료법이다.

둘째, 병적인 불안은 조절하기가 어렵다. 누구나 불안해지면 안절부절못하거나 예민해지고 근육이 긴장하며 심박수가 빨라진다. 대부분 이러한 신체 증상은 심호흡이나 근육이완 요법 등의 노력으로 금방 가라앉는다. 하지만 병적인 불안에서는 자신의 몸과 마음을 통제하기가 어렵다. 병적인 불안의 신체 증상을 설명하는 대표적인 예가 '공황 장애'다.

공황 장애가 있는 사람은 예상치 못하게 공황 발작을 반복적으로 경험한다. 극심한 공포나 고통이 갑작스럽게 발생해 수분 이내에 최고조에 다다르며 심장 박동 수의 증가, 발한, 숨이 가쁘거나 답답함, 질식감, 죽을 것 같은 공포, 스스로를 통제할 수 없거나 미칠 것 같은 두려움 등의 신체와 인지 증상을 경험한다. 그리고 공황 발작이 다시 생기지 않을까 지속적으로 걱정하는 예기 불안anticipitary anxiety은 공황 장애를 악화시키는 반복 순환 고리로 작용한다.

셋째, 병적인 불안은 건강한 일상생활을 방해한다. 치과 치료가 무서워서 병원에 가기 전에 항상 주저하는 사람이 있다. 치과 진료실에서는 심박수가 빨라지고 몸이 떨리며 땀이 삐질삐질 나기 시작한다. 그럼에도 치료를 정기적으로 잘 받으러 다니고 있다면 그 사람의 불안은 정상이다.

반면 병원에 계속 가지 못해서 치아에 큰 문제가 생길 정도가 된다면 그 사람의 불안은 병적이라고 할 수 있다. 병적인 불안은 학업이나 직장, 사회생활에 막대한 지장을 준다.

'불안은 영혼을 잠식한다'는 말이 있듯이 병적인 불안은 사람이 정신을 온전히 유지하기 힘들 정도의 극심한 고통을 안긴다. 하지만 이러한 불안을 다스리고 잠재울 수 있는 바이오피드백biofeedback, 이완요법 같은 치료법이 정신과에 마련되어 있으니 걱정은 하지 않아도 된다.

다만, 사람을 신중하고 예의바르게 만들 수도 있고 정신과 육체를 황폐화시킬 수도 있는 불안 사이에 나는 지금 어디에 서 있는가를 들여다볼 일이다.

Self Check

1. 나는 언제 불안해지는가?

2. 불안해지면 어떤 신체 변화가 느껴지는가?

내 감정의 '균형'을 위한 마음 사용 설명서

감정에도 성숙과 미성숙이 있다

수치심 ◑ 죄책감

◎ 스스로를 부끄러워하는 마음, 누구나 한 번쯤

'수치심' 하면 가장 먼저 떠오르는 건 내가 좋아하는 미국 드라마 〈쉐임리스Shameless〉다. 우리나라에도 잘 알려진 배우 에미 로섬Emmy Rossum을 중심으로 제목 그대로 창피한 줄 모르고 파렴치한 가족 구성원들이 마약, 도박, 사기 등 온갖 범죄에 연루되며 사고를 치고 좌충우돌하는 이야기를 담은 드라마다. 차마 눈 뜨고는 보기 어려운, 부끄러운 말과 행동이 버젓이 저질러져 드라마를 보는 내내 얼굴이 화끈화끈해진다.

정상적인 사고와 이성을 갖고서는 감히 꿈꾸지도 못할 행위들을 보면서 느끼는 '대리 만족'이 드라마의 인기 비결일지 모르겠다. 드라마를 보면서 언제나 생각한다. 주인공들은 수치심이 없는 것인가, 죄책감이 없는 것인가, 아니면 둘 다?

정신의학을 공부하기 전까지 나도 둘의 차이를 알지 못했다. 정신분석 발달이론에 따르면 감정에는 '성숙한' 감정과 '미성숙한' 감정이 있다. 감정의 발생 시점으로 성숙과 미성숙을 구분하기도 하는데 죄책감은 수치심에 비해 성숙한 감정이다. 수치심은 생후 15개월 정도부터 느낄 수 있다고 하고 죄책감은 만 3~6세 정도부터 느낄 수 있다고 알려져 있다.

미성숙한 감정인 수치심은 '스스로를 부끄러워하는 마음'으로 자기존중감과 연결된다. 결핍감을 느끼며 이것이 자기에 대한 가치로 연결돼 '나는 못난 사람이야'와 같은 자기비하나 자격지심으로 이어지기 일쑤다.

수치심이 지속돼 자기 자신을 계속해서 부정적으로 바라보면 심리적으로 위축될 뿐 아니라 대인관계에서도 자신감을 잃는다. '이렇게 못난 나를 누가 받아들여줄까?'와 같은 생각은 자연스레 거절당할 두려움을 불러일으켜 선뜻 관계를 찾아 나서지 못하게 한다.

어려서 천식을 앓았던 나는 조금만 달려도 숨차했다. 가끔 떠올리는 어릴 적 기억이 있다. 다섯 살 정도였을 것이다. 여러 가족이 바다로 소풍을 갔다. 백사장에서 또래들과 달리기 시합을 하는데 점점 뒤처지며 꼴찌가 될 것이 분명해지자 결승선에 들어오기 전에 엎어져서 울어버렸다. 그런 나를 바라보던 어머니의 화나고 실망스러운 표정은 수십 년이 지난 지금까지도 생생하다. 맞다. 그때의 감정은 분명 수치심이었다. 내가 기억하는 나의 첫 수치심.

어려서부터 소심하고 겁이 많아서 무엇이든 맞부딪혀서 싸우기보다는 도망가고 피하기 일쑤였다. 그러나 시간이 지나면서 도망가고 피할 수만은 없는 상황에 처하게 되었다. 그럴 때마다 나는 다섯 살 때의 기억과 어머니의 실망스러운 표정을 떠올리며 맞서 도전해 극복할 용기를 스스로 끌어올렸다. 그러다 보니 오히려 '수치심(에 대한 두려움)은 나의 힘'이 되었다.

이렇게 수치심을 자신을 성장시키는 동력으로 승화시킬 수도 있겠지만 수치심의 기본 속성상 자기모멸감이나 자기 존재의 부정으로 이어질 위험이 더 크기 때문에 수치심은 다루기가 쉽지 않은 감정임은 분명하다.

하지만 수치심을 자신을 돌아보고 성찰하는 거울로 사용할 수만 있다면 스스로에 대한 부끄러움은 점차 줄어들 수 있을 것이다.

◎ 실수, 뭐 그럴 수 있지

한편 죄책감은 우리가 해서는 안 될 일을 했을 때 느끼는 감정이다. 여기서 초점은 우리의 '행동'이다. 죄책감 때문에 자신의 존재와 가치가 손상되지는 않는다. 자아와 자기존중감은 온전히 지켜진다는 점에서 죄책감은 수치심보다는 안전하고 성숙한 감정이라고 할 수 있다.

하지만 모든 감정이 그렇듯 건강하지 못한 죄책감으로 빠질 위험은 언제나 도사리고 있다.

"아, 또 실수했어. 그렇게 부단히 연습을 했건만."

"아, 또 틀렸어. 그렇게 열심히 공부를 했건만. 이번에는 완벽하다고 생각했는데."

자기 자신에 대한 기대치가 높아서 쉽게 죄책감을 느끼는 사람을 자주 본다. 현실적이기보다는 비현실적인 기대치를 가진 경우가 대부분이다.

부모의 기대 수준이 높아서 시험에서 만점을 받지 않으면 아무리 잘했어도 칭찬은커녕 꾸지람을 듣는다는 아이들도 자주 만난다. 소위 '엄친아(엄마 친구 아들)'로 머리, 성격, 외모 어디 하나 빠지는 데가 없는 아이들인 데도 자신에게 만족하지 못하고 행복해 보이지도 않는다.

부모의 요구에 맞추어 세운 완벽한 기준에 도달하기 위해 들이는 힘과 노력은 언젠가는 소진되기 마련이다. 또한 사람은 누구나 살아가면서 실수를 할 수 있는데 엄격한 잣대에만 자신을 맞추다 보면 정말 사소한 일 하나하나에서도 죄책감을 느끼게 되고 심하면 자기 처벌로 이어지기도 한다.

우울증에서 느끼는 부적절한 죄책감은 건강하지 못한 죄책감의 또 다른 예다. 앞에서도 살펴보았듯이(P. 20) 〈DSM-5〉에서 정의하는 주요우울장애 증상에는 다음의 항목이 포함되어 있다.

- 거의 매일 무가치감 또는 과도하거나 부적절한 죄책감을 느낌

앞서 죄책감은 자아가 보호되는 수준에서 자신의 행동에 대해 느끼는 감정이라고 정의했는데, 우울증에 걸려서 부적절한 죄책감을 느끼게 되면 자아의 경계가 무너진다. 자신이 통제할 수 없는, 세상에서 일어나는 모든 불행과 재난, 사고가 자신의 탓이라며 자책하기도 한다. 부적절한 죄책감이 심한 나머지 나 하나 없어지면 이 세상이 평화롭고 행복해질 것이라는 망상을 가지고 자살을 시도하기도 한다.

죄책감을 건강하게 승화시키기 위해서는 '자기 처벌'을 '자기 용서'로 바꿀 수 있어야 한다. 나의 말과 행동에 대해 책임을 져야 하는 것은 분명하지만 잘못이나 실수를 엄격하게 처벌하기만 하면 죄책감의 늪에서 헤어 나오지 못한다.

자신을 책망하는 감정은 자연스럽지만 자책만으로는 말과 행동을 바꾸지 못한다. 잘못이나 실수에 집착하기보다 그것을 바로잡는 일에 초점을 맞춘다면 자기 처벌의 감정은 자신에 대한 용서로 자연스럽게 바뀔 수 있다.

적절한 죄책감은 내가 잘못한 말과 행동을 객관적으로 조망하고 판단하면서 바로잡도록 유도한다. 따라서 잘못에 대해 올바르게 반응하고 대처하는 책임감을 키우는 데 도움이 된다.

수치심과 죄책감에 대한 이 글을 쓰면서 〈쉐임리스〉를 다시 봤다. 주인공마다 다르기는 하지만 대부분 수치심이 없다기보다는 과도한 것이 문제였다. 그들의 뻔뻔하고 후안무치한 행동은 지나친 수치심에서 비롯된 결핍감과 자책, 자기비하와 자기 존재의 부정에서 파생된 자기 파괴적인 행동이었음을 비로소 이해하게 되었다. 그렇게 미운 짓을 해도 주인공들이 밉지 않고 불쌍하고 정이 가는 이유를 이제야 제대로 알게 된 것이다.

그런데 제작자가 수치심의 의미를 제대로 알았더라면 드라마 제목을 이렇게 완전히 반대로 잘못 짓지는 않았을 텐데 말이다.

Self Check

1. 나는 수치심을 자주 느끼는가?

2. 죄책감이 들 때 어떻게 '자기 처벌'을 '자기 용서'로 바꿀 수 있을지 생각해보자.

균형이라는 시소 위에서

자기비하 ◑ 겸손

◎ 자신을 낮추는, 두 갈래의 길

"너 영어 잘 한다(Your English is good)."

연구년 동안 미국에서 2년을 살면서 자주 들은 말이다. 내게는 이 말이 '네 영어 정도면 의사소통은 가능하지'라는 뜻으로 들렸다. 미국 사람들이 웬만한 것에는 'good'이라고 말하고 어느 정도 잘하면 'excellent'라고 칭찬하는 것을 잘 알고 있기 때문이었다.

이럴 때마다 나는 항상 손사래를 치며 "아니에요. 잘 못해요(No, I am not that good)"라고 대답했다. 내 대답을 듣는 미

내 감정의 '균형'을 위한 마음 사용 설명서

국인의 표정은 이상야릇하게 바뀌었다. 자기네들은 잘 하지 않는 대답이었기 때문이다. 이렇게 칭찬을 부정하는 대답으로 일관한 것은 한국에서 태어나고 자라면서 갖추어진 습관 때문이기도 하다.

우리는 칭찬을 받으면 겸손하게 대답해야 한다고 배워왔다. 그렇기에 "아닙니다. 과찬이십니다"가 몸에 배어 있다. "그렇죠. 제가 좀 잘 하지요"라고 뽐냈다가는 건방지다는 평을 듣게 되기 마련이다.

"잘한다고 하면 그냥 그대로 기쁘게 받아들여. 진짜 의미가 무엇인지 너무 심각하게 고민하지 말고. 그리고 너무 그렇게 자신을 낮추지 않아도 돼."

다른 책에서도 소개했듯이, 생각을 많이 하는 것을 싫어하고 매사에 긍정적이고 단순한 아내는 생각이 많고 소심한 나를 매우 답답해한다. 의사소통의 장벽 때문에 더 겸손해질 수밖에 없는 외국 생활에서 자신감을 잃고 위축되어 보이는 남편을 지켜보면서 아내는 안쓰러워하기도 했고 가끔 핀잔도 주었다.

그런데 돌아보면 외국 생활에서만 그랬던 것은 아니다. 그동안 살아오면서 겸손하다는 칭찬을 많이 들었다. 겸손은 나의 정체성을 구성하는 몇 가지 키워드 중 하나라고 생각해왔다. 하지만 지나친 겸손은 자신감을 떨어뜨리고 자기비하로 이어질 수 있다는 것도 몸소, 그리고 환자들을 진료하면서 경험해왔다.

궁금증이 생겼다. 그렇다면 '자기 자신을 낮춘다'는 공통점이 있는 자기비하와 겸손의 경계는 어떻게 구분할 수 있을까?

겸손은 남을 존중하고 자신을 내세우지 않는 태도에서 시작한다. '타인에 대한 배려'에서 시작되는 감정이다. 그러나 겸손과 다르게 자기비하에는 열등감이 개입되며 '자신의 부정적인 면'에만 초점을 맞추게 된다. 겸손이 칭찬에 대한 감사로 표현된다면 자기비하는 칭찬에 대한 부정으로 표현되는 것이다.

겸손한 사람의 자기 가치감self-worth은 온전하게 보존되지만 자기를 비하하는 사람의 자기 가치감은 저하된다. 실제로 자기를 비하하는 말을 계속 하면 자신감이나 자기 가치감은 떨어질 수밖에 없다. 내가 하는 말은 나의 생각과 감정, 행동을 변화시키기 때문이다.

그렇다고 자기비하가 반드시 나쁘기만 한 것은 아니다. '셀프 디스'처럼 자신의 과오나 약점을 들추어내며 스스로를 깎

아내리는 유머를 구사하거나 빈정대는 것은 오만하거나 자기중심적인 사람으로 보이지 않으려는 좋은 대인관계 전략이기도 하다.

미국의 래퍼 에미넴Eminem의 자전 영화인 〈8 마일Mile〉에서 에미넴이 'Lose yourself'를 부르는 장면은 영화의 하이라이트다. 주로 상대방에 대한 공격으로 이루어지는 랩 배틀의 마지막 라운드에서 에미넴은 자신의 처절하고 우울한 밑바닥 인생을 낱낱이 까발리는 자기비하로 랩 배틀의 판을 완전히 뒤엎는다.

이렇게 스스로를 낮춤으로써 기존의 관습과 틀을 전복하는 모습은 관객에게 신선한 쾌감과 소름 돋는 전율을 안겨준다. 자기비하의 순기능이라고 할 수 있는데 문제는 이렇게 자기비하를 건강하게만 사용하기는 쉽지 않다는 거다.

◎ 칭찬, 토 달지 말고

자기비하로 넘어가지 않고 겸손을 잘 유지할 수 있는 방법이 있을까? 몇 가지 방법을 소개한다.

먼저 칭찬을 부정하지 말고 곧이곧대로 받아들이는 연습부터 해야 한다. 칭찬에 대한 대답은 '감사하다'는 말 한마디면 충분하다. 더 이상의 말은 필요 없다. 하지만 한국 사람의 정서상 이렇게 간단하게 표현하면 어색한 침묵과 함께 '이 친구는 말이 짧네'라고 상대방이 생각할 수도 있기에 다음의 방법들도 같이 사용해볼 것을 권유한다.

칭찬을 받을 만한 일이 아니라고 생각하고 잘못한 부분도 있어서 그것을 말하고 싶다면 잘한 부분도 같이 말함으로써 스스로 균형 잡힌 생각을 하도록 연습한다.

모든 일에는 긍정적인 면과 부정적인 면이 함께 있는 법인데 겸손한 사람들은 습관적으로 자신을 낮추면서 긍정보다는 부정에 초점을 맞추는 경향이 있다. 그러다 보면 부정적인 면만 보는 게 점점 습관이 되고 자기도 모르는 사이에 자기비하로 빠지게 되기에 매사에 긍정적인 면을 함께 생각하고 말할 수 있도록 노력해야 한다.

또, 칭찬에 대해 감사해하면서 그것을 주위 사람들과 나누는 것도 좋은 방법이다. 기쁨은 나눌수록 커진다는 말이 있듯이 칭찬을 타인과 공유하면 자기 자신에 대한 긍정적인 시선을 키워나갈 수 있다.

칭찬받은 일을 가족과 지인들에게 알리자. 페이스북 등의 SNS로 공유하는 것도 좋은 방법이다. 칭찬받을 자격이 없다고 생각한 나와 다르게 주위 사람들은 내가 칭찬받을 만한 일을 했음을 인정해줄 것이다.

타인은 내게 늘 완벽할 것을 기대하지 않는다. 실제로 완벽하기도 어렵다. 타인의 기대에 비해 과도하게 높은 기준을 설정하는 것은 대부분 나 자신이다. 타인은 나의 노력이 들어간 과정과 결과를 인정하기에 칭찬하는 것이다. 그러니 칭찬은 있는 그대로 받아들이면 된다.

겸손은 자기 자신을 낮추어 여기는 것이 아니라, 자신을 덜 생각하고 남을 더 생각하는 것이다(Humility is not thinking less of yourself; it's thinking of yourself less. Humility is thinking more of others).

《나니아 연대기》의 작가인 C.S. 루이스Lewis가 한 말로 널리 알려져 있으나 실은 미국의 목사이자 베스트셀러 작가인 릭 워렌Rick Warren의 저서 《목적이 이끄는 삶 The Purpose Driven Life》에 나오는 말이다. 겸손에 대한 명쾌한 정의로 겸손의 중심은 타인임을 깨닫게 하는 명언이다.

'벼는 익을수록 고개를 숙인다'는 속담처럼 겸손의 미덕을 갖춘 사람들로 세상이 가득 차면 좋겠다.

Self Check

1. 타인에게 칭찬을 받을 때 나의 태도는 어떠한가?

2. 나의 겸손에는 배려가 들어 있는가, 열등감이 숨어 있는가?

내 감정의 '균형'을 위한 마음 사용 설명서

'소확행'을 지지하는 이유

부러움 ◐ 질투

◎ 맞다, 부러우면 지는 거다

영화 〈질투는 나의 힘〉(2003)의 포스터는 대놓고 '질투'가 무엇인지 알려준다.

"누나 그 사람이랑 자지 마요. 나도 잘 해요……."

영화에서 박해일은 유부남(문성근 분)을 사랑하게 되었다는 배종옥의 고백을 듣고 어떻게든 그녀의 마음을 자신에게 돌리려고 매달린다. '적을 알아야 이긴다'는 생각에서인지 문성근이 편집장으로 있는 잡지사에 취직해 그의 비서 역할을 자청하면서 그와 가까워지고 결국 신임과 총애를 얻는다. 하지만 문성근을 알아갈수록 자신이 배종옥의 사랑을 얻기는 어렵겠다는 절망감에 점점 빠지게 된다.

"부러움과 질투, 둘이 같은 거 아닌가요?"

대부분의 사람들은 부러움envy과 질투jealousy가 같은 말이라고 생각한다. 하지만 둘은 서로 다르다.

정신분석학자인 멜라니 클라인Melanie Klein은 '부러움'을 유아의 파괴 충동으로 이해했다. 부러움의 대상을 파괴하고 그 대상이 가진 소유물을 자신이 차지하려는 욕망이 들어간 감정으로 해석했다. 다분히 미숙하고 원초적인 감정인 셈이다.

부러움은 엄마-아이 관계로 대표되는 2자 관계에서 비롯된다. 아이의 눈으로 보기에 세상 모든 걸 소유하고 완벽해 보이는 엄마는 부러움의 대상이 될 수밖에 없다. 부러움에는 대개 열등감, 적대감, 분노, 억울함 등과 같은 부정적인 감정이 동반된다.

반면 질투는 3자 관계(삼각관계)에서 비롯되며 자신에게 소중한 대상을 소유하거나 지키기 위해 경쟁자를 제거하려는 목적을 가진 감정이다. 여기서 질투의 대상 ― 소중한 대상 ― 은 온전하게 존재하며 파괴될 위험이 없다.

질투는 경쟁을 유발하면서 자기 발전의 동력으로 작용한

다. 경쟁자보다 더 유능하고 멋진 사람이 되려고 노력하는 것이 질투의 힘이라고 할 수 있다. 〈질투는 나의 힘〉에서 박해일이 그랬던 것처럼 말이다(물론 속을 들여다보면 건강한 질투의 감정만 있었던 것은 아니다). 결론적으로 부러움이 질투보다 미성숙한 감정이라고 할 수 있다.

우리는 흔히 자신과 남을 비교하면서 남을 부러워한다. 내가 가지지 못한 것을 가진 사람은 어디에나 있기에 부러움은 한도 끝도 없다. 불행의 시작인 셈이다. "부러우면 지는 거다"라는 말은 부럽다는 감정을 사람들이 은연중에 경계하고 있음을 역설적으로 말해준다.

고대 그리스의 철학자인 아리스토텔레스는 내가 가져야 할 것을 타인이 가진 것을 보며 느끼는 고통이 부러움이라고 정의했다. 영국의 사상가인 버트런드 러셀Bertrand Russell은 저서 《행복의 정복Conquest of Happiness》에서 인간의 본성 중 부러움이 인간을 불행하게 만드는 대표적인 감정이라고 말했다.

◎ 부러움, 자기애성 성격장애

부러움은 '타인의 불행을 소망한다'는 점에서도 위험하고 미숙한 감정이다. 부러움은 자기애성 성격을 구성하는 핵심 요소다. 〈DSM-5〉의 자기애성 성격장애narcissistic personality disorder의 진단 기준에는 다음의 항목이 있다.

- 타인을 자주 부러워하거나 타인이 자신을 시기하고 있다고 믿음

언뜻 생각하면 자기애성 성격을 지닌 사람은 다른 사람을 부러워하지 않을 것 같지만 자기애성 성격의 심리를 들여다보면 자기애의 중심에 자리 잡은 부러움을 잘 이해할 수 있다. 자기애성 성격장애 환자는 타인의 성공이나 능력, 재력을 시기하고, 자신이 그러한 성취나 특권을 지니면서 타인의 숭배를 받을 자격이 더 있다고 믿는다.

자기애성 성격장애 환자는 자신의 성취와 능력에 대해 과장하며 자신이 특별대우를 받기 기대한다. 한마디로 잘난 체하고 허세를 부리며 오만하고 건방지다. 자신의 성취에 대한 과장된 평가에는 타인의 공헌에 대한 폄하가 내포되어 있다. 타인에 대한 감정이입이나 공감 능력이 부족하기 때문에 나타나는 현상이다.

실제로 이들의 자존감은 매우 연약하다. 그렇기에 자신이

다른 사람에게 얼마나 잘난 사람으로 보이는지에만 관심이 집중된다. 자신에 대한 관심과 숭배가 조금이라도 기대에 미치지 못하면 매우 실망하고 분노한다. 이렇게 자기애성 성격장애라는 예로써도 우리는 '부러움'이라는 감정의 원초적이고 미숙한 실체를 엿볼 수 있다.

◎ 내가 가진 좋은 것 찾기

자신과 타인에게 불행과 고통을 초래할 수 있는 부러움을 어떻게 하면 건강한 감정으로 바꿀 수 있을까? 일반적으로 부정적인 감정이나 생각을 교정하는 데 사용하는 인지 접근을 부러움의 교정에도 사용할 수 있다. 전문 용어로는 '인지 재구성cognitive restructuring'이라고 한다.

먼저 나의 장점과 내가 소유하고 있는 좋은 것들에 대해 생각해보도록 한다. 누구든 남에게 없는 자신만의 장점과 강점이 있고, 누가 뭐라 하든 자신에게 소중하고 의미 있는 소유물을 지니고 있기 마련이다.

나는 아내와 아이들과 사이가 좋고 가족이 건강한 것만으로도 행복하다. 나보다 연구비가 많고 영향력 지수impact factor

가 높은 논문을 쓰고 베스트셀러를 내는 사람들을 가끔은 부러워하기도 하지만, 나의 가족은 그 무엇과도 바꿀 수 없는 나만의 안식처이자 행복의 근원이다. 소소하지만 확실한 행복인 '소확행'을 추구하는 삶을 비판하는 시선도 있음을 알지만 적어도 부러움으로 인한 불행과 고통에 지배받지 않기 위한 '소확행'은 적극적으로 지지할 필요가 있다.

버트런드 러셀은 인간이 행복하려면 타인에 대한 존경을 키우고 부러움을 줄여야 한다고 말한 바 있다. 부러움을 건강한 감정으로 유지하기 위한 두 번째 방법은 바로 타인에 대한 부러움을 '존경'으로 바꾸는 것이다.

살아오면서 나와 인연을 맺은 선생님과 멘토, 동료, 후배들에게는 부러워할 것이 항상 있었다. 그렇기에 내가 만나는 모든 사람이 스승이라고 생각하며 내가 가지지 못한 좋은 점들을 동경하고 연구하며 닮으려고 노력해왔다.

내게 '욕심이 없다'고 말하는 사람이 많다. 절대로 그렇지 않다. 나는 언제나 더 나은 사람이 되려고 욕심을 부려왔다. 다만 부러움이라는 자칫 부정적일 수 있는 감정을 동경으로, 존경으로 바꾸려 노력했기에 지금의 '나'로서 평가를 받고 있는 거라 생각한다.

영화 〈은교〉 중 이상문학상 대상을 받은 제자(김무열 분)의 시상식에서 박해일은 이렇게 말한다.

"너희 젊음이 너희 노력으로 얻은 상이 아니듯, 내 늙음도 내 잘못으로 받은 벌이 아니다."

돌이킬 수 없는 지난날의 젊음을 그리워하며 제자를 부러워하고 질투하던 주인공이 부러움과 질투를 동경으로 승화시키면서 나이 듦을 담담하게 받아들여 나가는 과정이 인상적인 영화였다(그리고 보면 박해일은 질투 연기에 최적화된 배우다).

나의 인생 여정이 언제 끝날지는 모르겠지만 삶을 마감하기 전에 이렇게 멋진 말을 이 세상에 남길 수 있기를 바란다.

Self Check

1. 내가 소유하고 있는 좋은 것들의 목록을 만들어보자.
2. 지금 부러워하는 대상이 있는가? 무엇이 부러운가? 존경의 대상으로 바꿀 수 있을지 생각해보자.

영화 <블랙 스완> 속으로

강박 ◐ 완벽주의

◎ 실수없이 하려는 마음은 알겠지만

나는 이메일이나 문자를 보내기 전에 오타나 비문이 없는지 수차례 점검한다. 핏줄이 무서운지 큰아이는 나를 똑 닮았다.

"아빠, 이 문자 한번 봐주세요. 선생님께 문자 보내려고 하는데요, 이런 말을 써도 될까요? 이렇게 쓰면 예의가 없다고 기분 나빠하시지는 않을까요?"

문자를 고쳐주고 오케이 사인을 주어도 큰아이는 바로 보내지 못하고 계속 고치고 있다. 답답하지만 내 피를 물려받았으니 어쩔 수 없지 싶다. 어릴 적 나는 더 심했으니 딱히 할 말도 없다.

문자나 이메일이 흠잡을 데 없이 완벽하다고 생각하고 발송했는데 보내기 전에 발견하지 못했던 오류를 나중에 찾으면 그때부터 자책과 후회에 휩싸인다. 한 번 더 확인하고 보냈어야 했는데……. 그러다가 일이 잘못되거나 하면 나의 실수 때문이라고 자책한다. 실제로는 오타 한두 개가 일의 성패에 영향을 주지 않았을 것임은 분명한데도 말이다. 이렇듯 완벽주의는 사람을 피곤하고 힘들게 한다.

완벽주의를 추구하는 사람은 다음과 같은 특성을 지닌다.

첫째, 매사를 실수 없이 완벽하게 하려고 촉각이 곤두서 있고 실수에 지나치게 비판적이다. 자신의 실수뿐 아니라 타인의 실수도 용납하지 못한다.

둘째, 내가 좋아하고 관심 있는 일이 아니어도 일단 일을 맡으면 온 힘을 쏟아서 최선을 다하려고 노력한다. 대충대충 일하는 것을 오히려 피곤해하고 괴로워한다.

셋째, 지나치게 높은 목표와 기준을 설정한다. 대부분 비현실적이거나 도달하기 어려운 목표를 설정하는데 이를 이루지 못하면 우울해하고 자책하며 자신을 비하한다. 이들에게는 매사가 성공 아니면 실패, 두 가지밖에 없고 '절반의 성공' 같은 말은 없는 용어나 마찬가지다. 성공하지 못하면 그건 실패일 뿐이다. 일해온 과정에서 얻은 교훈이나 성취는 돌아보지 못하고 오직 결과에만 치중한다.

넷째, 완벽주의자는 역설적으로 타인의 비판에 예민하다. 완벽주의를 추구하는 사람은 타인의 조언과 비판을 잘 받아들일 것 같은데 절대로 그렇지가 않다. 타인의 지적은 자신이 완벽하지 못하다는 것과 그것은 곧 실패를 의미하기 때문이다.

연구년 기간 동안 멘토 중 한 명인 미국 피츠버그대학의 보리스 비르마허Boris Birmaher 교수는 완벽주의로 유명한 사람이었다. 나보다 먼저 그와 같이 논문을 쓰기 시작한 동료가 내게 일러주었다.

"보리스는 지나치게 강박적이야. 논문을 수없이 고치기 때문에 언제 끝날지 모르겠어. 서론을 이미 열 번이나 고쳤어."

내게 마음의 준비를 단단히 하라는 조언이었다. 역시나 나도 그와 같이 논문을 쓰면서 그의 완벽주의에 혀를 내둘렀다.

'나도 꼼꼼함으로는 만만치 않은 사람인데 과장 하나 안 보태고 나보다 열 배나 더한 사람이 있다니.'

논문을 쓰면서 보리스는 문장 하나 허투루 넘어가는 법이 없었다. 이 문장이 심사위원이나 독자에게 어떻게 받아들여질지 예상해보며, 더 좋은 어구나 문장으로 표현할 수는 없을

지 끊임없이 고민했다. 논문을 수십 번 고치면서 이 논문이 영영 끝날 것 같지 않은 비관적인 생각에 사로잡히기도 했다(다행히 논문은 끝났고 좋은 저널에 실렸다).

지금 돌아보면 보리스의 세심함과 꼼꼼함은 완벽주의와 강박 사이의 중간 어딘가에 위치했던 것 같다. 그렇다면 완벽주의는 어디까지가 건강하고 건설적이며, 어디서부터는 자기파괴적이며 역기능적인 상태가 될까?

◎ 이런 상사, 부디 안 걸리게 해주세요!

완벽주의의 폐해에 해당하는 정신과 진단명을 〈DSM-5〉 진단 기준에서 찾을 수 있다. 바로 '강박성 성격장애obsessive-compulsive personality disorder'다. 진단 기준에는 다음의 증상이 포함되어 있다.

- 완벽함을 보이나 이것이 일의 완수를 방해함(예: 자신의 완벽한 기준을 만족하지 못해 계획을 완수할 수 없음)

강박성 성격장애를 지닌 사람은 일의 내용 중 세부, 규칙, 순서 등에 세세하게 신경을 쓰면서 일에 대한 통제감을 유지하려고 하는데 그러다가 정작 일의 큰 그림을 보지 못하고 중요한 부분을 놓치기도 한다. '나무만 보고 숲을 보지 못한다'는 격언에 딱 어울리는 사람이다.

이들은 극도로 신중하게 행동하고 자신만의 완벽한 기준에 따라 실수가 생기지 않을까 반복적으로 확인하고 점검하느라 일을 정해진 시간에 제대로 완수하지 못할 때가 많다. 시간을 잘 분배하지 못하고 우선순위를 정하지 못해서 가장 중요한 과제를 마감까지 끝내지 못하는 일이 흔하다.

강박성 성격장애인 사람과 같이 일하는 사람은 매우 피곤하다. 모든 일이 자신이 세운 기준과 원칙, 방식에 따라 처리되어야 하기에 자신뿐 아니라 타인에게도 엄격한 기준과 잣대를 적용하며 자신의 방법을 따를 것을 고집한다. 자신이 일하는 방법에 따르지 않으면 일을 위임하지 못하고 같이 일하려 하지 않는다.

강박성 성격장애가 있거나 지나치게 완벽주의적인 사람이 윗사람이 되면 마이크로매니저micromanager가 되기 십상이다. 상사로서 부하 직원의 일거수일투족을 지나치게 지도하고 감독하기에 아랫사람은 말 그대로 '피가 마른다.'

상사로서 이들은 업무를 위임하지 못하고 자신이 전부 챙

기려고 하거나 업무를 맡겼음에도 아랫사람을 믿지 못하고 세세한 내용까지 일일이 확인하고 지시하고 간섭한다. 이런 상황에서 아랫사람은 책임감 있게 일하기보다는 모든 일에 있어서 윗사람의 재가를 기다리게 된다. '내가 어떻게 일을 하든 어차피 내가 결정할 수 있는 부분은 하나도 없으니 이쯤에서 멈추고 지시를 기다리자', '내가 잘하지 못해도 위에서 알아서 고쳐주겠지'와 같은 생각은 업무의 효율성과 생산성을 저해한다. 조직이 잘 굴러갈 리가 없다.

또한 강박성 성격장애인 사람은 융통성이 부족하기 때문에 아랫사람이 본인의 방식보다 좋은 대안을 제시하면 오히려 짜증을 내고 불쾌해하며 자신의 원칙과 방식이 무너질까 봐 경계한다.

강박성 성격장애와 감별해야 할 정신질환으로는 '강박장애 obsessive-compulsive disorder, OCD'가 있다. 강박장애는 강박 사고와 강박 행동으로 특징지어지는 병이다.

강박 사고는 머릿속으로 스며들어오는 반복적이며 지속적인 생각, 충동 또는 심상으로 정의된다. 강박 행동은 강박 사고로 인한 불안감과 괴로움을 낮추거나 피하려고 보이는 행동으로 이해하면 된다. 강박성 성격장애를 가진 사람의 행동은 강박장애처럼 그 행동이 강박 사고에서 비롯되지 않는다.

강박장애의 증상들은 자아이질적ego-dystonic(자신의 욕동에 반하는 행위)으로 당사자를 고통스럽게 만들면서 주위의 도움을 추구하게 만드는 반면, 강박성 성격장애의 증상들은 자아동조적ego-syntonic(자신의 욕동을 따르는 행위)으로 당사자는 자신에게 문제가 있다고 여기지 않고, 자신이 변화해야 한다고도 생각하지 않는다는 특징이 있다.

◎ 광기가 아닌, 아름다운 완벽주의를 위해

이처럼 자신과 남을 피곤하게 만드는 완벽주의, 그냥 포기하고 머릿속에서 지워버리는 것이 나을까? 그래도 어떻게 잘 사용해서 삶에 도움이 되는 완벽주의로 승화시킬 방법은 없을까?

먼저, 완벽주의에 담긴 인지 오류를 깨닫고 고칠 수 있어야 한다. 완벽주의자가 지닌 생각의 특징 중 하나는 '이분법 사고dichotomous thinking'다. 이들은 작은 실수나 실패만으로 자신을 패배자라고 인지하는 경향이 있다. 이와 더불어 걸러내기의 오류까지 동원한다.

걸러내기는 부정적인 면에만 초점을 맞추고, 긍정적인 면에는 주목하지 않는 것이다. 완벽주의자는 자신이 이룬 성공은 무시하거나 평가 절하하고, 실패에만 주의를 기울여서 작은 실패를 절망적인 것으로 인지하고 평가하는 경향이 있다.

이렇게 되면 모든 일에 실패할까 봐 두려워서 자신의 행동을 지나치게 점검하게 되는데 이는 수행 불안performance anxiety이나 우유부단, 일을 미루는 모습 등으로 나타나게 된다. 심하면 '완벽하게 하지 않을 바에는 아예 하지 않는 것이 낫다'는 극단적인 생각과 함께 일을 시작조차 하지 않는다.

완벽주의자의 자기비판은 매우 엄격하고 가혹하다. 그렇기에 자기평가self-evaluation가 부정적으로 편향되어 있다는 것을 인식하고 자신을 객관적으로 평가할 수 있도록 노력해야 한다. 그러기 위해서는 목표 달성이나 성취만이 평가 기준이 되어서는 안 되고 노력하는 과정에서 얻는 기쁨을 중요한 가치로 여길 수 있어야 한다. 나아가 완벽할 수 없는 상황과 현실을 그대로 받아들일 수 있어야 한다.

'작은 차이가 명품을 만든다'는 말처럼, 발전적인 삶을 위해서 완벽을 추구하는 것은 중요하고 또 필요하다. 하지만 '완벽주의'는 양날의 칼이다. 완벽주의자는 성실하고 근면하다는 장점과 함께 비효율적이고 경직될 수 있다는 단점을 가진다. 장점은 최대한 살리고 단점을 최소화하며 자기 향상을 위해 끊임없이 노력하고, 매사에 실수 없이 잘 하려 하고 또 뛰어나고자 하는 열망으로 최선을 다하는 태도는 건강하고 아름다운 완벽주의라 할 수 있다.

영화 〈블랙 스완Black Swan〉(2011)은 배우 나탈리 포트만Natalie Portman에게 아카데미 여우주연상을 안겨준 작품이다. 〈백조의 호수〉 발레리나로서 최고의 자리에 오르기 위해 자신을 혹독하게 학대하며 완벽주의를 추구하는 주인공은 영화의 마지막 장면에서 다음과 같이 외친다.

"나는 완벽했어(I was perfect)."

하지만 우리는 주인공이 이미 정신적으로 파멸하고 인격이 분열되었음을 알기에 완벽주의를 향한 광기와 집착에 애잔한 시선을 보낼 수밖에 없다. 나는 나의 지나친 완벽주의를 경계하려고 할 때 언제나 이 영화를 떠올린다.

Self Check

1. 나는 나 자신에게 엄격한 잣대를 들이대는가?

2. 나는 결과를 중요시하는가, 과정을 중요시하는가?

내가 하고 싶은 일이 우선

자만심 ◑ 자신감

◎ 믿는 마음? 뽐내는 마음?

자신감은 한자로 '自信感', 영어로 'self-confidence'다. '자신에 대한 신뢰, 믿음이나 확신' 정도로 정의하면 되겠다.

어려서부터 자신감이 있는 사람을 항상 부러워했다. 매사에 걱정과 불안이 많은 나는 어떤 일이든 내가 잘할 수 있다고 믿지 못했다. 시험을 보더라도 틀리거나 실수할 걱정부터 했다. 자신이 잘한 경험을 기억하면 자신감을 쌓아나갈 수 있다고 아이들이나 환자들에게 말해주곤 하지만 정작 나는 잘했던 것보다는 못했던 기억들만 곱씹으며 스스로를 괴롭혀왔다.

참 피곤한 성격이다. 지금까지 이렇게 살아왔으니 앞으로도 나아질 거라 기대하지는 않는다. 사람은 잘 바뀌지 않는다. 자만심 역시 나와는 거리가 매우 먼 단어로 이에 대해 별로 깊게 생각해본 적은 없다.

하지만 요즘 자신의 목소리를 크게 내야만 사람들이 주목해주는 주변의 상황을 보면서, 또 자신감이 부족한 것을 걱정하는 청소년들과 상담을 하면서 개인적인 욕구가 생겼다. 자만심과 자신감이 어떻게 다른지 잘 설명해볼 수 있을까, 하고.

자만심自慢心의 정의를 사전에 찾아보면 '자신이나 자신과 관련된 것을 스스로 자랑하며 뽐내는 마음'으로 되어 있다. 이렇게 자기 자신의 가치에만 집중하는 자만심을 이해하기 위한 가장 쉬운 길은 자기애自己愛, 일명 나르시시즘narcissism을 들여다보는 것이다.

〈DSM-5〉의 자기애성 성격장애의 진단 기준에는 앞서 '부러움'에서 살펴보았던 항목 외에 다음의 항목들이 포함되어 있다.

- 자신의 중요성에 대해 과대한 느낌을 가짐
- 과도한 숭배를 요구함

- 오만하고 건방진 행동이나 태도

자만심이 높은 사람은 자신이 위대하며 강하다고 여기기 때문에 타인에게 숭배를 받는 것이 당연하다고 생각한다. 이들은 남의 칭찬을 응당 받아야 할 것으로 여긴다.

하지만 자만심이 높은 사람의 내면은 매우 연약하다는 것을 먼저 알아야 한다. 자존감이 낮은 사람이 자만심이 높다고 생각하면 이해가 쉽다. 이들은 낮은 자존감으로 공허한 마음을 채우기 위해 타인의 칭찬과 인정을 필사적으로 갈망하게 된다.

이렇게 타인의 숭배나 동경은 여과 없이 받아들이지만 다른 사람의 의견이나 조언을 경청하고 수용하지는 않는다. 타인의 의견과 비판을 자신에 대한 비난으로 받아들이기 때문이다. 자신의 잘못을 인정하는 것은 남에게 지는 것이고 자신이 약해지는 것이라고 생각한다.

자만심이 높은 사람은 항상 남과 자신을 비교한다. 자신이 비교 대상보다 우위에 있어야 안심하고 마음이 편안해진다. 이들은 남에게서 잘 배우려고 하지 않는다. 배운다는 자체가 자신의 결핍이나 패배를 인정하는 것이라고 오인誤認하기 때문이다.

이에 비해 자신감이 있는 사람은 칭찬은 겸손하게 받아들이고 자신의 잘못도 인정할 줄 안다. 잘못에 대한 인정이 자기 가치감에 어떤 영향도 미치지 않음을 잘 알고 있기 때문이다.

자만심이 강한 사람은 자신의 성취와 능력 자랑에만 급급하다. 여러 사람이 모이는 자리에서는 자신에게 스포트라이트가 집중되기를 바란다. 의식적으로나 무의식적으로 자신 이외의 사람은 중요하지 않다는 메시지를 던진다. 사람들이 자신을 주목하지 않으면 위축되기도 하고 심지어는 화를 내기도 한다.

자신감이 있는 사람은 모임에서 자신이 빛나기보다는 다른 사람이 주목과 칭찬을 받을 수 있도록 돕는다.

그러다 보니 결국 자만심이 높은 사람 주위에는 사람이 모이지 않게 된다. 사람은 그 누구도 자신이 들러리로만 존재하는 인간관계를 유지하고 싶어 하지 않기 때문이다.

대신, 자신감이 있는 사람 주위로는 사람들이 모여든다. 자신감이 있는 사람과 함께 지내면 그 자신감이 주위에 공유되기 때문이다. 한마디로 자신감도 전염된다고 할 수 있다. 물론 객관적인 근거와 이유가 분명한 자신감이라는 전제 하에서 말이다.

◎ 행복은, 자신감 위로 흐르니

자만심이 높은 사람과 자신감이 있는 사람이 어떻게 일을 하는지 비교해보면 이 두 감정의 차이를 보다 명확하게 이해할 수 있다.

자만심이 강한 사람은 타인의 말을 잘 듣지 않고 독단적으로 의사 결정을 내리며 자신의 능력을 과대평가한다. 하지만 그들의 내면은 항상 불안과 의심, 회의로 가득 차 정서적으로 매우 불안정한 상태다. 남의 의견이나 조언에 대해서는 불통不通으로 일관하면서도 남이 나를 인정해주고 우러러보며 따라오는지에 온통 촉각이 곤두서기 때문이다.

아이러니도 이런 아이러니가 없다. 이들은 자신의 정서적 불안정을 보상하기 위해 자아를 팽창시키는 방어 기제를 사용한다. 일명 자아도취自我陶醉 — 더 쉬운 말로 '자뻑' — 상태를 머릿속에 그려보면 이해가 쉬울 것이다.

자신감이 있는 사람은 자신의 생각과 의견, 감정, 경계와 한계를 명확하게 안다. 의사 결정에 있어 타인의 의견과 조언을 참고하기는 하지만 그렇다고 그에만 의존하지도 않는다. 자신감이 있는 사람은 자신의 능력을 객관적이고 중립적으로 평가할 줄 안다. 그렇기에 자신의 능력을 믿을 수 있고, 자신의 한계를 넘어가는 영역에서는 남에게 위임하거나 남의 의견을 받아들이면서 일을 추진해나갈 수 있는 것이다. 이런 사람하고는 누구라도 같이 일하고 싶어 할 것이다.

어디서 기쁨과 행복을 느끼는지에 따라서도 자만심과 자신감을 구분할 수 있다. 자신감이 있는 사람은 자만심에 찬 사람과 달리 남의 인정과 칭찬, 남과의 비교에서 행복을 느끼기보다 오롯이 자신의 성취에서 기쁨을 느낀다. 한마디로 스스로의 성취와 깨달음에 행복해하며 그것을 동력으로 자신을 발전시켜 나간다.

많은 사람은 살아가면서 상대방이 나를 거절할까 두려워서 또는 생기면 감당하기 어려운 갈등을 사전에 피하고 싶어서, 다른 사람을 기쁘게 하거나 다른 사람을 위해 일하는 것을 우선순위로 놓는다. 《미움받을 용기》나 《거절 당할 용기》 같은 책이 인기를 끄는 이유는 그만큼 우리가 인간관계에서 타인의 인정이나 평판에 신경을 많이 쓴다는 증거이기도 하다. 그렇다 보니 주위의 시선에 영향을 받는 자만심으로 흐를 위험이 언제든 도사리고 있다.

남의 시선에 신경 쓰지 않고 자신의 성취감에 더 몰입할 수 있는 자신감을 키우기 위해서는 먼저 자신이 하고 싶은 것이 무엇인지 정확히 알아야 한다. 내가 하고 싶은 것을 찾지 못하면 내게 주어진 것들만 주로 하면서 살게 되고 타인의 시선에 더 민감해질 수밖에 없다.

소아정신과 의사로서도 부모들에게 아이에게 자신감을 키워주려면 아이가 무엇을 잘하고 좋아하는지, 또 무엇을 하고 싶어 하는지 찾아주고 이끌어주는 것이 중요하다고 말한다.

사람이 자신이 하고 싶은 것을 하면서 행복할 수 있다면 남과 자신을 비교하며 행복이나 불행의 잣대를 만들지는 않을 것이다.

Self Check

1. 나는 자신감이 있는가? 아니면 자만심이 강한가?
2. 내가 가장 하고 싶은 일은 무엇인가? 지금 그 일을 하고 있는가?

"저는 카톡으로 일하지 않아요"

외로움 ◐ 고독

◎ 우울해 vs 이 시간이 좋아

나는 혼자서 잘 논다. '혼밥'이나 '혼술'이라는 말이 지금은 보편화되었지만, 나는 수십 년 전부터 혼자서 밥 먹고 영화 보고 여행을 다녔다. 특히 영화는 혼자 보는 것이 편하다. 영화 볼 때 옆 사람에 신경을 쓰지 않아도 되어 오로지 영화에만 집중하고 몰입할 수 있다.

'혼밥은 사회적 자폐'란 말이 논란이 되었던 것이 불과 4년 전이다. 그때 논란의 중심에 있었던 사람이나 언론은 2021년에 혼밥이 자연스런 일상이 되리라고 상상이나 했을까?

혼자 있으면 외롭지 않냐고? 외로울 때도 있다. 하지만 내가 선택한 고독을 그 무엇과도 바꾸고 싶지 않다. 나를 잘 아는 사람은 내게 '카톡'으로 연락하지 않는다. 카톡을 쓰지 않기 때문이다(물론 급하게 연락할 채널들은 열어놓고 있다).

생각해본다. 그렇다면 얼핏 비슷해 보이는 고독과 외로움은 어떻게 다를까?

외로움loneliness의 정의를 사전에서 찾으니 '홀로 되어 쓸쓸한 마음이나 느낌'으로 정의되어 있다. 고립이나 분리, 격리와 관련된 부정적인 마음 상태라고 할 수 있다.

반드시 물리적으로 고립되어 홀로 있어야 하는 것도 아니다. 사람들이 북적거리는 도심 한가운데 있으면서도 외로움을 느낄 수 있다. 외로운 상태에서는 심리적 결핍감을 느끼며, 외로움은 우울증, 중독, 자살과 같은 정신건강 문제와 관련된다고 여러 연구에서 밝혀졌다.

외로운 사람들은 보통 다음과 같이 말한다.

"나는 혼자 있는 걸 견딜 수 없어."
"나는 혼자 있으면 슬프고 우울해져."
"나는 사람들 사이에 있어도 외로움을 느껴."

"혼자 있는 시간을 어떻게 써야 할지 모르겠어."

고독solitude의 사전적 정의는 '세상에 홀로 떨어져 있는 듯이 매우 외롭고 쓸쓸함'으로 외로움의 정의와 별반 다를 바 없어 보이지만 실제로는 외로움과 다르게 평화롭고 기분이 좋은 긍정적인 마음 상태다.

고독 상태에서는 내적인 평화와 평온을 추구할 수 있고, 자신의 내면에 집중할 수 있도록 도와줌으로써 자신에 대해 성찰할 수 있는 시간과 공간을 제공한다. 고독을 즐기는 사람들은 다음과 같이 말한다.

"나는 혼자 있는 시간을 즐겨."
"내게는 가끔 혼자 있는 시간이 필요해."
"나는 혼자 있어야 재충전할 수 있어."
"나는 혼자 있는 시간이 행복해."

나는 혼자 있게 되면 어떻게 생각하고 느끼는지 한번 되뇌어 보자. 외로움을 견디지 못하는 사람인가, 아니면 고독을 즐기는 사람인가?

내 감정의 '균형'을 위한 마음 사용 설명서

◎ 나는 왜 외로워하는가

'고독'의 상태로 나아가지 못하고 혼자 있는 것이 외롭고 불편해 힘들어하는 사람들은 어떤 심리 상태를 지니고 있을까? 외로움을 몇 가지 유형으로 나누어서 생각하면 이해하기 쉽다.

첫 번째는 사회적social 외로움이다. 직관적으로 이해할 수 있는 유형으로 말 그대로 사회적 연결이 없고 물리적, 심리적으로 고립되어 있는 상태를 말한다.

2020년부터 우리가 경험하는 팬데믹pandemic은 사회적 단절을 가져왔다(이 글을 정리하고 있는 2021년 8월에는 사회적 거리두기 4단계가 적용되고 있다). 21세기 들어 한결 촘촘해진 사회 연결망의 혜택을 당연한 일상으로 누리던 인류는 바이러스 하나 때문에 외출과 만남, 모임, 여행이 제한된 소위 '한 번도 경험하지 못한 세계'를 살아가게 되었다. 이전의 팬데믹과는 다르게 원래 살아왔던 세상과의 간극이 너무 크기 때문에 이번의 외로움은 사회적 고통으로까지 느껴질 것이다.

만나지 못하는 친구들과 비대면으로 만나서 각자 준비한 술과 안주를 공유하는 '랜선 술자리'는 사회적 외로움을 벗어나려는 여러 시도 중 가장 눈에 띈다. '인간은 사회적 동물'임을 실감나게 보여주는 예이기 때문이다.

외로움의 두 번째 유형은 정서적emotional 외로움이다. 사람은 누구나 서로 돌보고 보살피는 인간관계를 맺고 싶어 한다. 정서적 외로움은 애착 관계와 연이 닿아 있다. 애착은 사회성 발달의 근간이다. 어려서부터 부모와 안정적인 애착 관계를 맺어온 사람은 타인과의 관계에서 상호 신뢰와 믿음에 기반한 인간관계를 만들어나갈 수 있다.

흥미롭게도 외로움과 타인에 대한 신뢰가 반비례한다는 연구 결과들이 많이 나와 있다. 사람을 믿지 못하기 때문에 혼자 있게 되는 것이라고 해석할 수도 있겠으나 애착과 신뢰의 관계를 생각해본다면 애착이 불안정한 사람이 타인을 신뢰하지 못하고 안정적인 대인관계를 맺지 못하면서 외로움을 경험할 가능성이 높아진다고 볼 수도 있다.

〈DSM-5〉 진단 기준의 '의존성 성격장애dependent personality disorder'의 항목들을 살펴보면 의존과 독립의 관계를 더 잘 이해할 수 있다.

- 타인으로부터 과도히 많은 충고, 또는 확신 없이는 일상의 판단을 하는 데 어려움을 겪음
- 자신의 생활 중 가장 중요한 부분에 대해 타인이 책임질 것을 요구함

- 계획을 시작하기 어렵거나 스스로 일을 하기가 힘듦(동기나 에너지의 결핍이라기보다는 판단이나 능력에 자신감의 결여 때문)

- 혼자서는 자신을 돌볼 수 없다는 심한 공포 때문에 불편함과 절망감을 느낌

의존성 성격을 지닌 사람은 혼자 있는 것을 견디기 힘든 '외로움'으로 느끼고 혼자 있는 시간을 어떻게 보내야 할지 난감해한다. 모든 일에 타인의 결정이나 판단, 조언에 많이 의존해 왔기 때문에 온전하게 자신만의 시간이 주어지면 무엇을 해야 할지 스스로 결정하고 행동하지 못하는 경우가 많다.

◎ 고독할 수 있는 능력

1990년대 초반, 외국 배낭여행 붐이 일 때, 의과대학 동기와 유럽으로 여행을 떠났다. 서로 관심사와 여행지에서 경험하고 싶은 것이 달랐기에 새로운 도시에 도착하면 혼자 다니는 시간과 같이 다니는 시간을 우선 나누었다.

40여 일의 여행 동안 우리 둘은 한 번도 부딪친 적이 없었다. 각자 하고 싶은 것들을 충분히 하고 원하는 바를 이루면서

다녔으니 의견이 맞지 않아 싸울 일은 당연히 없었다.

하지만 여행 중에 마주친 사람들 중에는 계속 싸우고 충돌하면서도 서로 떨어지지 못하고 붙어 다니는 경우가 많았다. 친했던 친구 사이가 여행 동안 갈라지는 것도 목격했고 여행후에 서로 연락을 끊은 사람들도 있었다. 싸움의 발단은 대부분 내가 하고 싶은 것을 상대방이 원하지 않는 것에서 비롯되었다. 나는 그때 이해가 되지 않았다. 그냥 혼자서 하고 싶은 것을 하면 되지, 동료가 함께 해주지 않는다는 것 때문에 갈등까지 생겨야 할 필요가 있을까?

여기서 외로움의 세 번째 유형인 존재론적existential 외로움에 대해 깊게 생각해볼 필요가 생긴다. 타인과의 애착과 친밀한 관계는 태어나서 세상을 떠날 때까지 필수불가결 하지만 사람에게는 타인이 필요할 때가 있고 그렇지 않을 때가 있다. 사람이 개별성과 자주성, 독립성을 키워나가기 위해서는 혼자 있는 시간, 고독할 수 있는 능력을 갖추어야 한다.

고독의 시간은 온전히 나 자신만을 위한 사유와 성찰의 시간이며 자신이 하고 싶은 일에 몰입하고 집중할 수 있는 시간이기도 하다. 내게는 정신 사나운 세상의 소음을 차단하고 나만의 오롯한 시간을 갖는다는 자체가 그 무엇과도 바꿀 수 없는 큰 행복이다.

　　　　　　내 감정의 '균형'을 위한 마음 사용 설명서

정신분석학자인 도날드 위니콧Donald Winnicott은 '홀로 있을 수 있는 능력'을 정서 발달의 중요한 신호라고 보았다. 아울러 그는 "함께 있으면서 홀로 있을 수 있는 능력(the capacity to be alone in the presence of another person)"의 중요성을 강조했다. 독일의 신학자인 마르크바르트Marquardt도 다음과 같이 말했다.

"성숙은 무엇보다도 홀로 있을 수 있는 능력이다."

성숙한 사람은 타인의 시선이나 판단에 기대지 않고 타인에게 의존하지 않으며 자신에 대한 확신을 가지고 홀로 살아갈 수 있는 사람이다.

외로움과 고독의 차이는 이렇듯 홀로 있을 수 있는 능력을 갖추었는지에 달려 있다. 외로움에 시달리기보다 고독을 적극적으로 추구하면서 사회적인 연결 또한 내가 주도적으로 결정할 수 있는 삶을 살아보기를 권한다.

앞에 썼듯이 이미 남들이 다 쓰는 카톡을 쓰지 않아서 불편할 때가 있는 것도 사실이지만 "저는 카톡으로 일을 하지 않아요"라고 사람들에게 밝힘으로써 얻게 되는 자유와 독립, 고독은 어디에 비할 바가 없다.

나는 사람들과 연결하고 싶을 때 연결하는 소셜 네트워크를 지향한다. 내 뜻대로 관계를 시작하고 연결하며 내가 원하지 않으면 연결을 중단할 수 있는 사회연결망을 추구한다. 그렇게 서로 필요한 사람들 간에 느슨한 사회적 연결을 유지하면서 개인의 고유성을 지켜나가는 것이 내가 바라는 타인과의 관계이자 세상이다.

Self Check

1. 나는 외로워하는가, 고독을 즐기는가?

2. 하루, SNS를 사용하는 시간은 얼마인가? 왜 사용하는가?

내 감정의 '균형'을 위한 마음 사용 설명서

에너지의 80%만 사용해야

들뜸 ◑ 기쁨

◎ 별을 깔고, 토성의 고리를 잡은 기분은

〈한겨레〉 신문 이주현 기자의《삐삐 언니는 조울의 사막을 건
넜어》(한겨레출판, 2020)는 조울병 증상의 교과서와도 같은 책
이다. 저자에게는 자신이 겪어온 질환과 증상을 이렇게 책으
로 엮어내는 것이 결코 쉬운 작업이 아니었겠지만 정신과 의
사, 특히 학생을 가르치는 선생의 입장에서는 정말 고마운 책
이 나와서 기쁘기 그지없다.

　우울증을 경험한 사람들이 쓴 글과 책은 많은 데 비해 조증
mania의 경험을 이렇게 구체적이고 명징하게 기록한 글은 매

우 희귀하기 때문이다. 이 책 하나로 의과대학 학생들과 정신건강의학과 전공의들에게 조증의 정신 병리를 정확하게 가르칠 수 있다고 해도 과언이 아니다. 저자가 자신의 조증 상태에 대해 쓴 대목을 몇 개 옮겨본다.

"나는 질주하고 있었다. 비록 아무도 빼앗아갈 수 없는 정신적 핵은 유지하고 있더라도 그 속도가 엄청나 스스로 다른 사람처럼 느낄 정도였다. 생각이, 감정이, 에너지가 쉼없이 넘쳐흘렀다." _ P. 24

"내 안의 블랙홀이 주변의 모든 것을 집어삼키면서 거대한 에너지가 발생해 눈부시게 빛나는 느낌, 스스로 퀘이사가 된 듯했다. 모든 것을 이해한다는 느낌, 이 황홀감은 사람들에게도 적용됐다." _ P. 25

이처럼 조증은 기분의 고양高揚, 질주하는 사고, 증가된 에너지와 활동이 특징인 질환이다. 위에서 묘사된 것처럼 한마디로 기분, 생각, 에너지가 과도하게 넘쳐흘러서 주체할 수 없는 상태가 되는 것이다.

〈DSM-5〉 진단 기준이 정의하는 조증에는 다음의 항목들이 포함된다.

- 비정상적으로 들뜨거나, 의기양양하거나 과민한 기분 그리고 목표 지향적 활동과 에너지의 증가가 적어도 일주일간(만약 입원이 필요한 정도라면 기간과 상관없이) 거의 매일, 하루 중 대부분 지속되는 분명한 기간이 있다.

- 기분 장애 및 증가된 에너지와 활동을 보이는 기간 중 다음 증상 가운데 3가지(또는 그 이상)를 보이며(기분이 단지 과민하기만 하다면 4가지) 평소 모습에 비해 변화가 뚜렷하고 심각한 정도로 나타난다.

1. 자존감의 증가 또는 과대감

2. 수면에 대한 욕구 감소(예: 단 3시간의 수면으로도 충분하다고 느낌)

3. 평소보다 말이 많아지거나 끊기 어려울 정도로 계속 말을 함

4. 사고의 비약 또는 질주하듯 빠른 속도로 꼬리를 무는 듯한 주관적인 경험

5. 주관적으로 보고하거나 객관적으로 관찰되는 주의산만(예: 중요하지 않거나 관계없는 외적 자극에 너무 쉽게 주의가 분산됨)

6. 목표 지향적 활동의 증가(직장이나 학교에서의 사회적 활동 또는 성적 활동) 또는 정신운동 초조(예: 목적이나 목표 없이 부산하게

움직임)

7. 고통스러운 결과를 초래할 가능성이 높은 활동에 지나친 몰두(예: 과소비, 무분별한 성행위, 어리석은 사업 투자 등)

조증의 핵심적인 기분 상태는 들뜸elation이다. 이것이 기쁨joy이나 즐거움과는 어떻게 다를까? 이주현 기자는 자신이 조증임을 인식하게 된 결정적 계기가 미국의 임상심리학자이면서 조울병 환자였던 케이 레드필드 재미슨의《조울병, 나는 이렇게 극복했다》(박민철 옮김, 하나의학사, 2005)를 읽고 나서였음을 밝힌 바 있다. 그 책에서 저자는 자신이 경험한 조증의 들뜨고 황홀한 기분을 다음과 같이 묘사하고 있다.

"기분이 들뜬 상태에서는 발밑에 별을 깔고 손에는 토성의 고리를 잡고 있었다."_ P. 129

어떤 기분 상태인지 설명하기는 쉽지 않지만 이 구절에서 현실에 발을 딛지 않은, 무엇인가 초현실적이고 몽환적인 느낌을 받는다는 것에는 누구나 이견이 없을 것이다.

기쁨을 사전에서 찾아보면 '욕구가 충족되었을 때의 흐뭇하고 흡족한 마음이나 느낌'이라고 나와 있다. 다른 사전에는

'좋은 일이 있거나 좋은 것을 가졌을 때, 또는 이것들을 기대할 때 느끼는 흐뭇하고 흡족한 마음'이라고 나와 있다. 이 사전적 정의들을 따른다면 기쁨은 무엇인가 원하는 것을 얻거나 이루었을 때 느끼는 감정이다. 반대의 감정인 슬픔이 무엇인가를 잃었을 때 느끼는 감정인 것과 명확하게 대비된다.

◎ 과하지 않게, 20퍼센트는 비워둔 채로

들뜸은 비정상적으로 고양된 기분으로, 조증이나 경조증에서 나타나는 정동affect, 情動 상태를 말한다. 조증을 사전에서 찾아보면 '조급하게 구는 성질이나 버릇', '기분의 고양, 의욕의 항진 따위의 상태를 특징으로 하는 정신장애'라고 나와 있다. 다른 사전을 살펴보면 조증은 '기분이 비정상적으로 들떠서 병적일 정도로 행복감에 심취해 있는 상태'를 말한다. 여기서 중요한 것은 정상과 비정상, 병의 차이가 무엇인지 아는 데 있을 것이다.

　기뻐서 잠시 기분이 들뜨는 것은 지극히 정상이지만 들뜬 기분과 넘치는 에너지가 오랜 시간 꾸준히, 지치지 않고 지속되기는 쉽지 않다. 〈DSM-5〉 진단 기준에는 일주일을 한계선으로 정하고 있다. '내 생애 가장 아름다운 일주일'이란 말이 밑도 끝도 없이 나온 것이 아니다. 행복하고 황홀한 시간은 일주일이 넘어가면 고통과 파국의 시간으로 치닫게 된다. 이미 그 사이에 저지른 무모하고 충동적인 일들의 뒷수습을 감당하는 것부터가 벅차기 때문이다. 기쁨의 순간은 언제나 '잠시뿐'이라는 진실을 아쉽지만 우리는 받아들여야 한다.

정상과 비정상을 구분하는 기준 하나 더. 기분이 비정상적으로 들떠 있는 사람은 결국 자신을 통제하지 못하게 된다. 의기양양한 기분과 과도한 낙관주의는 현실감과 판단력을 떨어뜨리면서 무분별한 소비, 과도한 사업 투자 등 종국에는 파국적인 결과가 예상되는 무모하고 자기 파괴적인 행동을 초래한다.

'지나침은 모자람만 못하다'는 말이 있다. 소아청소년 정신의학 분야 중 기분과 불안을 전공하는 사람으로서 마음속에 항상 새기고 다니는 말이다. 기분이든 에너지든 무엇이든 넘쳐나는 것은 피하고 경계하는 것이 좋다.

기운과 의욕이 넘쳐서 무슨 일이든 다 해낼 수 있을 것 같은 기분이 들더라도 끝까지 돌진하지 말고 자신이 가진 에너지의 80% 정도만 쓰면 좋겠다. 기분과 에너지는 언제나 여유분을 비축해두고 있어야지만 정상 범위의 진폭을 잘 유지할 수 있다.

기분이나 불안장애의 치료나 예방 프로그램 중 중요한 부분의 하나는 정서 조절emotion regulation 훈련이다. 간단히 말하면 자신이 경험하는 감정의 실체와 강도를 인식하고 스스로 감정을 통제하고 조절할 수 있도록 돕는 훈련이다. 호흡, 명상, 이완과 같이 생리적 현상을 변화시킴으로써 정서를 조절하는 방법을 훈련하기도 한다.

조울병이나 우울증에 방아쇠를 당기는 일로 인해 병이 생기는 것을 막을 수 없을 때가 많지만 평소 스스로의 기분 상태를 잘 알고 조절하려고 노력하는 것은 분명히 예방 효과가 있다.

그래서 내 사전에는 "오늘도 새하얗게 불태웠어", "뼈를 갈아 넣는 심정으로 일했어"와 같은 말은 존재하지 않는다. 기분이나 에너지가 극단으로 치닫지 않게 하면서 최소한의 여유를 갖고 숨 쉴 수 있는 안전장치이자 완충지대를 항상 마련해놓는다. 여기에 더해 기뻐도 너무 기뻐하지 않고, 슬퍼도 너무 슬퍼하지 않는 마음 자세를 갖고 차분함과 평정심을 유지하려고 노력한다.

언뜻 재미없고 밋밋한 삶처럼 보이지만 생각보다 이렇게

사는 것이 참 편안하고 행복하다. 물론 이 모든 것을 삶의 에너지가 젊을 때 같지 않은 중년의 변명이자 넋두리로 치부한다 해도 달리 할 말이 없기는 하다.

Self Check

1. 나는 일을 할 때 에너지의 몇 퍼센트를 사용하는가?

2. 들뜸을 자제할 나만의 방법을 생각해보자.

내 감정의 '균형'을 위한 마음 사용 설명서

세상에서 제일 무서운 당신

공포증 ● 두려움

◎ 무서운 걸 어떡해

어려서부터 무서워하는 게 많았다. 그중 죽음에 대한 공포가 가장 심각했다. 자다가 죽으면 어떡하지, 비행기가 떨어지면 어떡하지, 군대 가서 총 맞으면 어떡하지. 누구나 죽음을 두려워하지만 어린 나이부터 그렇게 죽는 것을 무서워했는지 나는 오랫동안 이해하지 못했다. 어른이 되고 정신과 의사가 되어서야 어릴 적을 돌아보면서 실마리를 찾을 수 있었다.

어렸을 때 나는 천식을 심하게 앓았다. 1970년대 후반에 살았던 타국의 병원에서 산소 텐트에 들어가 있었던 것이 병원에 대한 첫 기억이다. 지금은 하도 오래되어 기억이 희미하지만 호흡 곤란이나 발작 등 숨이 멎는 듯한 고통을 주는 천식이라는 병의 특성상 죽을 것 같은 공포를 자주 느꼈을 것이다. 아직 죽음이라는 개념을 알지 못했던 어린 나이였지만 말이다.

의과대학생들의 임상의학 입문 수업에서 '의사와 환자의 심리와 관계'를 강의한다. 의사와 환자의 심리를 잘 이해하고 있어야 좋은 의사-환자 관계를 맺어나갈 수 있어서 학생들에게 꼭 필요한 수업이다(불행히도 이런 수업이 별로 중요하지 않다고 생각하는 교수와 학생도 있다).

수업 내용 중 의사가 되는 심리적 동기를 다룬다. 학생들에게 자신이 의사가 되고자 하는 이유가 무엇인지, 어떤 심리적 계기나 동기가 있었는지 생각해보게 한다.

의사가 됨에 앞서, 그리고 환자나 보호자를 만나기에 앞서, 자기 자신이 어떤 사람인지를 돌아보고 생각해보게 하는 것은 매우 중요하다. 대부분 어려서 아팠을 때 자신을 극진히 보살펴주던 부모나 자상하게 진료해주던 주치의에 대한 기억을 가지고 있다. 이들에게는 이러한 부모나 주치의를 닮으려는 동일시identification가 의사가 되려는 주요 심리 기제로 작용하는 셈이다.

의사가 되려는 심리적 동기 중에는 '죽음에 대한 두려움'도 있다. 의사는 환자를 죽음으로부터 구해내기 위해 죽음과 맞서 싸우고, 죽음을 두려워하지 않는 사람이라고 생각하기 쉽다. 하지만 의사들의 내면에는 죽음을 두려워하고 오히려 자신은 죽음과 인연이 멀다고 생각하는 심리가 깔려 있다.

그래서 죽음에 대한 두려움을 여러 형태의 방어 기제를 동원해 돌파하려고 시도한다. 의학을 공부하며 의학 지식을 최대한 습득함으로써 '내가 이렇게 많이 알고 있는데 이런 내가 죽을 리가 없지'라고 스스로를 위안하기도 한다. 이런 방어 기제를 '지식화(주지화, intellectualization)'라고 한다.

환자나 질병을 증례case라고 부름으로써 타자화와 객체화, 거리두기를 시도하고(무엇이든 나로부터 떨어져 있으면 우선 무섭지 않고 안심이 된다), 이 증례를 해결해야 할 문제나 극복해야 할 대상으로 인지하면서 전투태세를 취하기도 한다. '역공포counter-phobia'의 방어 기제를 사용하는 것이다. 한마디로 '이렇게 계속 두려움에 휩싸일 바에는 차라리 맞서서 싸우고 보자'는 심리다.

내가 의사가 되려고 했던 이유는 어려서부터 비롯된 죽음에 대한 두려움을 극복해보려는 노력의 일환이었을 수도 있겠다는 생각이 든다. 정신과 의사가 되어서도 죽음과 가까운 우울증과 자해, 자살의 위험이 있는 환자를 주로 보고 있는 것도 같은 맥락에서 이해할 수 있을 것이다. 나뿐만 아니라 죽음을 마주한 다른 이들의 어려움을 도와주고 싶은 마음 말이다.

하지만 나의 심리에 대해 이렇게 이해를 했다고 해서 문제가 해결되는 것은 아니다. 부끄럽지만 여전히 무서워하는 것들이 많다. 다른 책에도 썼듯이 나는 과일을 깎지 못하고 불을 피우지 못한다. 메스를 든 외과 의사를 감히 꿈꾸지 못한 것도 칼에 대한 두려움이 한몫했을 것이다(체력이 약한 것도 큰 몫을 했다).

아이가 어릴 때 식목일에 나무를 같이 심다가 파낸 흙 아래에 드글대는 구더기를 보고 소스라치게 놀란 적이 있는데 놀라는 나를 보고 아이가 더 놀랐다.

아내는 옆에서 혀를 끌끌 차며 "아빠라는 사람이, 애 앞에서 그러면 어떡해! 아무리 놀라도 그렇지, 애가 무얼 배우겠어?"라고 나를 책망했다. 부모 자격이 없는 아빠가 된 것 같아서 더 부끄러워졌다. 하지만 무서운 걸 어떡하나. 나도 모르게 나오는 공포 반응이 나의 잘못인가?

내 감정의 '균형'을 위한 마음 사용 설명서

◎ 피할 수 없다면

이런 공포의 순간들은 아직도 기억에 생생하다. 공포의 경험들이 기억의 잔영에 오래, 깊이 아로새겨져 있는 것은 인류의 진화 과정에서 발달시켜온 생존 본능과 밀접한 관련이 있다. 공포의 기억을 금방 잊어버린다면 비슷한 상황에서 제대로 대처하지 못해 — 대부분 도망가는 걸 말한다 — 생명을 잃었을 가능성이 높다.

무서운 것은 피하는 것이 상책이다. 설령 거짓 경보가 될지라도 위험에 대해서는 촉각을 곤두세우고 과대평가를 해야 생존의 가능성이 높아진다.

픽사Pixar의 애니메이션 〈인사이드 아웃Inside Out〉(2015)에도 포함된 공포Fear(영화에서는 소심)는 기쁨Joy, 슬픔Sadness, 분노Anger(영화에서는 버럭), 혐오Disgust(영화에서는 까칠)와 함께 인간의 보편적인 감정으로 인류의 오랜 역사 동안 인간을 지키고 보호해왔다.

이렇게 자기 보호를 위해 반드시 필요한 두려움이란 감정 앞에서 부끄럽다고 썼는데 무엇을 무서워하는 것을, 과연 부끄러워해야 하나 하는 의문이 들기도 한다. 다만 부끄러움의 여부를 떠나 정신과의 도움이 필요한 수준의 공포가 있음은 분명하다.

정상적인 두려움fear과 치료가 필요한 공포증phobia은 차이가 난다. 두려움으로 인한 걱정과 불안이 너무 지나친 나머지 일상생활과 삶의 질에 지장을 주면 이는 공포증이라고 할 수 있다. 공포증에서 걱정과 불안이 심한 이유는 그것이 비이성적이고 비합리적이기 때문이다.

정신의학에서 정의하는 공포증 — 정확히는 특정공포증specific phobia이라고 부른다 — 에서는 공포 자극의 종류에 따라 몇 가지 유형으로 분류하고 있다. 동물형(예: 거미, 곤충, 개), 자연환경형(예: 고공, 폭풍, 물), 혈액-주사-손상형(예: 바늘, 침투적인 의학적 시술), 상황형(예: 비행기, 엘리베이터, 밀폐된 장소) 등이다. 그리고 공포와 불안, 회피 반응이 6개월 이상 지속되어야 진단을 내릴 수 있다. 일회성이나 여러 차례의 공포 반응만으로 공포증으로 진단을 내리지는 않는다는 뜻이다.

어느 정도 되면 공포증인지 알려주기 위해 인용하는 대표적인 사례는 더스틴 호프만Dustin Hoffman과 톰 크루즈Tom Cruise가 주연했던 영화 〈레인맨Rain Man〉(1989)이다. 이 영화에서 자폐증 환자인 레이먼드(더스틴 호프만 분)에게는 비행공포증이 있다. 동생인 찰리(톰 크루즈 분)가 비행기가 제일 안전한 교통

수단이라고 안심시키고 설득해도 레이먼드는 막무가내다. 숫자에 천재적인 기억 능력을 지닌 레이먼드는 비행기 기종들이 추락한 연월일을 기억한다. 그리고 한 번이라도 추락한 적이 있는 기종은 타지 못한다.

레이먼드는 위험을 과대평가하는 파국화(최악의 시나리오가 발생할 것이라고 가정하기)나 과대확률화(부정적 결과의 발생 확률 과대평가하기)와 같은 인지 오류를 작동시키고 있는 것이다. 참다못한 찰리가 레이먼드를 억지로 비행기에 태우려고 하자 레이먼드는 자신의 머리를 때리며 자해하고 단말마의 비명을 지른다. 결국 그들은 비행기 대신 자동차로 여정을 떠나게 된다.

대부분의 사람들은 비행기가 난기류로 흔들리면 '이러다가 비행기가 추락해서 죽으면 어떡하지' 하고 걱정하지만 그렇다고 비행기를 못 타지 않는다. 하지만 영화 〈레인맨〉에서 묘사된 것처럼 실제로 비행공포증으로 비행기를 타지 못하고 기차나 배로 여행하는 사람들이 있다.

비행기를 타지 못해서 아주 친한 친구 결혼식에 못 가는 사람도 보았다. 한국이라면 기차나 버스를 타면 되지만 미국 등 땅덩어리가 넓은 나라에서는 비행기를 타지 못하는 게 큰 고역이 된다. 정작 비행기를 타기는 탔는데 심한 걱정과 불안으로 공황발작까지 와서 비행기를 회항시키는 경우도 있다.

아무튼 이런 정도면 단순한 두려움이 아닌 공포증이라고 할 수 있다. 다른 예로 높은 곳에 대한 두려움이 있는 사람이 새로운 직장의 사무실이 고층 건물의 높은 층에 있다는 이유로 스카우트 제안을 거절한다면 그 사람의 두려움은 공포증 수준인 고소공포증acrophobia으로 진단할 수 있다.

공포증은 노출exposure로 치료한다. 두려움을 유발하지 않으려는 비적응적인 회피 행동을 하지 않고 버티면서 공포를 유발하는 상황을 점진적으로 반복해 접하는 것을 말한다. 노출 방법에는 실제 노출과 상상 노출, 불안해하는 신체 감각에 대한 노출(숨가쁨이나 과호흡 같이 불안에 동반되는 생리적 반응을 시연해보게 하는 것)이 있다.

예를 들어 주사를 맞는 것이 너무 무서워서 몇 년째 건강검진을 미루는 사람이 있다면, (1)피를 뽑거나 주사를 맞는 유튜브 영상을 보고, (2)다른 사람이 주사 맞는 것을 지켜보고, (3)주사기, 알코올 솜, 지혈대를 가지고 가짜로 주사를 놓는 연습을 해보는 식으로 노출 단계를 만들어서 공포와 불안을 조절하는 훈련을 할 수 있도록 돕는다.

두려움은 인간이 느끼는 지극히 정상적인 감정이기에 무엇인가를 무서워하는 것을 너무 부끄러워하지 않아도 된다. 두려

위하는 것이 있다면 우선 피하면 된다. 피할 수만 있다면 말이다. 엘리베이터를 타는 게 무섭다면 계단으로만 다녀도 된다. 건강에도 더 좋을 것이다.

설령 두려움과 공포, 불안에 결박된 상태가 되어 삶이 힘들고 피곤해진다 하더라도 정신과 의사의 도움을 받으면 되기에 걱정하지 않아도 된다. 정신과 의사와 같은 의사들도 나와 다를 바 없이 여러 형태의 두려움과 공포를 내면에 안고 살아가는 사람들임을 이해한다면 이들에게 손을 내미는 것이 훨씬 손쉬워질 것이다.

옆에서 글을 곁눈질하던 아내가 면박을 준다. 그렇게 온갖 것을 호들갑스럽게 무서워하는 자신을 정당화하고 위안하는 글을 쓰지 말라고. 무서워하는 것이 많음을 티내는 글을 꼭 그렇게 써야 하겠느냐고.

예, 잘 알겠어요. 글을 쓰면서 잊고 있었네요. 나는 세상에서 당신이 제일 무서워요.

Self Check
....

1. 내가 유난히 두려워하는 것이 있는가?
2. 죽음에 대한 두려움이 있는가?

카프카의 문장이 내게로 왔다

게으름 ◑ 느긋함

◎ 카프카도 경계한 게으름

프란츠 카프카Franz Kafka 는 이렇게 말했다.

> 인간에게 큰 죄가 두 가지 있는데 다른 모든 죄도 모두 여
> 기에서 나온다: 성급함과 게으름이다(There are two main
> human sins from which all the others derive: impatience
> and indolence).

어떤 배경에서 이런 말을 하게 되었을까? 어려서부터 카프카

와 그의 작품들을 좋아했던 나는 체코 프라하에 갈 때마다 − 그래 봤자 두 번이다 − 프란츠 카프카 박물관을 방문했다. 박물관에는 그의 자필 원고와 일기, 편지, 드로잉 등이 잘 보존된 상태로 전시되어 있다.

지나칠 정도로 엄격하고 권위주의적이며 가족 위에 군림하던 아버지는 카프카의 인격 형성과 글쓰기에 많은 영향을 미친 것으로 알려져 있다. 박물관에서 특히 눈에 띈 것도 '아버지께 드리는 편지'였다. 41년의 짧은 생애를 매우 부지런하고 치열하게 살았던 그에게 게으름이나 나태함은 절대로 용납될 수 없는 가치였을 것이다.

게으름을 얘기하는 데 빼놓을 수 없는 말은 '꾸물거림'이다. 영어로 'procrastination'인데 어원인 라틴어 'procrastinatus'를 분석하면 'pro(forward) + crastinatus(tomorrow)'이다. 말 그대로 '내일로 미룬다'는 뜻이다. 구체적으로는 부정적인 결과나 후유증을 초래할 것이 예상됨에도 과제를 시작하거나 끝내는 것을 습관적으로나 의도적으로 지연하는 것을 말한다.

꾸물거림은 우울증이나 죄책감, 자존감 저하, 무능함 등과 관련이 있다. 이 책의 다른 글에 쓴 완벽주의의 이분법적 사고에서 지적했듯이 꾸물거리는 사람의 내면에는 작은 실패나 실수로 자신이 부족하거나 무능한 사람으로 보이지는 않을지 두려워하는 마음이 숨어 있다. 그래서 최대한 일을 미루고 보는 것이다. 일종의 회피와 부정 반응이다.

꾸물거림의 핵심적 특징은 '연기postponement'와 '비합리성irrationality'이다. 과제 지연에 합리적인 이유가 있으면 꾸물거림이라고 볼 수 없다. 하지만 합리적 이유인지 합리화rationalization인지는 객관적으로 판단해보아야 한다.

인터넷을 검색하면 꾸물거림의 여러 단계들이 소개되어 있다. 학술적으로 검증된 내용 같지는 않지만 읽어보면 충분히 수긍이 간다. 무엇보다도 이 단계들을 들여다보면 꾸물거림의 비합리성이 잘 이해된다.

이 중 꾸물거림을 6단계로 제시한 것을 살펴보면, (1)거짓 안전false security, (2)게으름laziness, (3)변명excuses, (4)부정denial, (5)위기crisis, (6)반복repeat으로 구분해놓고 있다.

꾸물거림의 시작인 거짓 안전 단계에서는 '아직 마감까지는 한참 남았어'와 같은 회피 반응으로 거짓 위안을 구한다. 게으름 단계에서는 일을 하려고 마음먹었다가 그만두기를 반복한다. 변명 단계에서는 '지금 더 중요한 다른 일로 바빠서 그 일은 할 수가 없어'와 같이 반응하는데, 객관적으로 판단해

내 감정의 '균형'을 위한 마음 사용 설명서

보면 그 다른 일이란 게 실제 더 중요하고 시급한 일이 아닌 경우가 대부분임을 알 수 있다.

원래 해야 할 일을 할라치면 그때부터 주위에 신경 쓰이는 것들이 눈에 들어오기 시작한다. 왠지 어질러진 책상을 깨끗하게 정리하고 사무용품도 새로 마련하고 간식으로 배를 든든하게 만들어야 일을 잘 시작할 수 있을 것 같다. 그러면서 일의 시작은 점점 늦어지기만 한다.

부정 단계는 꾸물거림 단계의 핵심이자 정수라 할 수 있다. '아직 시간은 충분해!'라고 입으로 외치지만 이미 시간이 모자라다는 걸 자신을 제외한 모든 사람이 알고 있다. 위기 단계에 이르면 후회나 자책과 함께 다시는 꾸물거리지 않겠다고 다짐하지만 이 모든 단계는 무한 되돌이로 반복되기 일쑤다. 마치 영화 〈사랑의 블랙홀Groundhog Day〉이나 〈엣지 오브 투모로우Edge of Tomorrow〉처럼 말이다.

게으름을 피우다가 제때 해야 할 일을 제대로 하지 못하고 성급하게 끝내버림으로써 결국 일을 그르치는 유형의 사람들을 나는 많이 알고 있다. 게으름을 느긋함으로 착각하는 사람들인 셈인데 이런 사람들과는 같이 일을 하기가 정말 힘들다. 카프카가 성급함과 게으름을 같이 거론한 이유를 알 것만도 같다.

◎ 하루의 버퍼, 느긋함의 기술

느긋함의 사전적 정의는 '마음에 흡족하여 여유가 있고 넉넉하다'이다. 이것은 앞으로의 상황을 통제할 수 있는 자신감에서 비롯되는 감정으로 행동이 굼뜬 걸 의미하지 않는다.

반면 게으름을 사전에서 찾아보면 '행동이 느리고 움직이거나 일하기를 싫어하는 성미나 버릇이 있다'라고 나와 있다. 얼핏 보기에도 게으름은 부정적, 느긋함은 긍정적인 뜻인데도 불구하고 게으름과 느긋함을 구별하지 못하는 사람이 그렇게도 많은지 모르겠다.

할 일은 쌓여 있고 끝도 없이 밀려드는 일 앞에 놓인 상황에서 게으름이나 꾸물거림 또는 성급함이 아닌 느긋함을 유지할 수 있는 긍정적인 마음을 가질 수 있을까?

영화 제작과 기획 일을 했던 친구가 한 말 중에 지금까지도 기억에 남는 말이 하나 있다. 유능한 프로젝트 매니저는 타임라인timeline 곳곳에 버퍼buffer를 잘 심어놓는다는 것이었다. 프로젝트관리 방법론에도 버퍼 관리가 중요한 요소로 언급됨을 나중에 알았다.

친구의 말에서 깨달음을 얻은 후로는 나의 일정표에도 버퍼를 넣어보기 시작했다. 이후 여러모로 삶이 달라졌다.

내 감정의 '균형'을 위한 마음 사용 설명서

나의 일정표에는 언제나 버퍼가 들어 있다. 나는 이 버퍼를 느긋함을 보장하는 장치로 쓴다. '완충제'라는 말뜻처럼 버퍼는 주위의 사람과 일이 나의 심리적, 체력적 한계를 넘어서지 않도록 나를 보호하고 삶의 여유와 느긋함을 지켜주는 보루堡壘다. 존경하는 선배인 하지현 교수의 명저《엄마의 빈틈이 아이를 키운다》라는 제목에서 말만 좀 바꾼다면 '일정의 빈틈이 나를 지킨다'고 말할 수 있다.

게으름과 성급함은 고치기 어려운 습관이 되어버리는 경우가 많다. 하지만 바쁨과 바쁨 사이 또는 바쁜 일이 지나간 후에 찾아오는 여유와 느긋함을 한 번이라도 맛본다면 게으름과 성급함이 반복되는 삶에서 하루속히 탈출하고 싶은 욕구가 생길 것이다.

그렇다면 어떻게 해야 할까? 한두 가지 원칙과 방법을 소개해본다.

첫째, 일정표에 구체적이고 세분화된 계획을 세우는 습관을 들인다. 나는 구글 캘린더를 애용하는데 같이 일하는 사람들과 나의 일정표를 공유한다. 일에 대한 계획이 구체적이려면 최대한 수치화하는 것이 좋다.

예를 들어 의뢰 받은 주제에 대한 강의를 준비한다면, (1)

자료 조사는 주요 참고문헌 20개까지만 찾는 것으로 정하고, (2)참고문헌을 검토하면서 인용할 자료나 표, 그림을 10개 이내로 정리하고, (3)강의에서 전달할 핵심 메시지를 5개로 추리면서 강의 목차를 만들고, (4)강의 시간 1분당 파워포인트(PPT) 1개 기준으로 강의 자료를 만든다. 이렇게 일련의 과정을 세분화하고 수치화하면서 단계별로 마감을 정해놓으면 일을 보다 체계적이고 효율적으로 할 수 있다.

둘째, 어떻게 보면 가장 중요한 원칙인데 일정표를 만들 때는 80%만 해야 할 일로 채우고 20%는 숨 쉴 수 있는 공간, 즉 버퍼를 남겨놓는다. 일정표를 꽉꽉 채워놓으면 일을 많이 하는 것처럼 보이지만 실제로는 일에 치여 허둥지둥 대다 보면 오히려 일을 미루게 되고 결과적으로 꾸물거리게 될 수밖에 없다.

앞서도 말했듯이 나는 이 20%의 버퍼를 확보하기 위해 무던히도 애를 쓴다. 하지만 불행히도 많은 사람들은 일과 약속으로 빼곡하게 채워진 일정표를 훈장처럼 여기면서 살아간다.

셋째, 일의 성격을 잘 구분해야 한다. 나는 세 가지 기준을 갖고 일을 구분한다. (1)혼자 할 수 있는 일인가, 같이 해야 하는 일인가, (2)하고 싶은 일인가, 하기는 싫지만 해야 하는 일인가(대부분 후자가 많기는 하다), (3)내가 해야만 하는 일인가,

내 감정의 '균형'을 위한 마음 사용 설명서

내가 아닌 다른 사람이 해도 되는 일인가.

혼자가 아닌 같이 해야 하는 일이면 버퍼를 더 만들어놓는다. 돌발변수가 발생할 확률이 높기 때문이다. 당연하겠지만 해야 하는 일보다는 하고 싶은 일에 시간을 더 투자한다. 마지막으로 이 일을 꼭 내가 해야만 하는가를 생각하고 판단하는 것이 매우 중요하다. 나는 내가 필요한 자리에서 내가 가장 잘 할 수 있는 일을 한다는 원칙을 지키려고 노력한다. 그래서 내가 아닌 다른 사람이 해도 되는 일이면 정중하게 거절한다. 의뢰 받는 자리나 일은, 많은 경우 꼭 내가 하지 않아도 되는 것들이다.

넷째, 일에 집중하기 위해 주의를 분산시키는 것들을 치워놓는다. 이 글을 쓰면서도 중간중간 이메일과 페이스북을 확인하고 있지만 마감이 있는 중요한 일을 할 때에는 인터넷 창을 닫고 휴대폰은 비행기 모드로 바꾸어놓는다. 그런 상태에서 2시간 정도 집중하면 정말 많은 일을 할 수 있다.

물론 다른 사람들과 공유하는 일정표에는 타임블럭time block을 공지해야 한다. 호텔 방문에 걸어놓는 '방해하지 마세요Do not disturb'처럼 말이다.

어떤가? 이제는 게으름이나 꾸물거림 또는 성급함에서 벗어나 느긋함을 즐길 준비가 되었는가? 그런데 나 혼자서만 이렇게 살아서는 안 되고 게으름을 느긋함으로 착각하는 사람들을 잘 감별해서 차단할 수 있어야 한다.

언제나 바쁜 티를 내는 사람, '시간이 없다'는 말을 입에 달고 살면서 바쁘다는 것을 자랑처럼 여기는 사람이 제때 해야할 일의 마감을 지키지 못하기 일쑤라면 그 사람은 카프카가 말하는 원죄를 지닌 사람일 가능성이 높다.

페이스북의 친구나 휴대폰의 송신자를 차단하듯이 이런 사람들과는 같이 일할 기회를 애초부터 만들지 않는 것이 나의 정신건강에 좋음을 명심하자.

Self Check

1. 하루 일과 중 나만의 '버퍼'가 들어 있는가?
2. '바쁘다'는 말을 주변 사람들에게 얼마만큼 하는지 생각해보자.

이성적 낙관주의자를 향해

낙관 ◑ 긍정

◎ 21세기, 낙관의 정체가 궁금해

내가 좋아하는 과학저술가 중 한 명인 매트 리들리Matt Ridley 의 책《이성적 낙관주의자The Rational Optimist》(조현욱 옮김, 김영 사, 2010)를 10년 만에 펼쳐들었다. 긍정과 낙관에 대한 이 글 을 구상하면서 이 책이 가장 먼저 떠올랐기 때문이다. 2010년 여름에 인상적으로 읽었던 책이어서 그해 만들었던 '서울대 학교병원 소아정신과 30년사'의 편집후기에도 언급했었다.

　매트 리들리는 책의 첫 장, 첫 페이지에 주먹도끼와 무선 마 우스를 나란히 보여주면서 자신의 논지를 바로 펴나가기 시작한다. 짐작했겠듯이 전자는 한 사람이 만든 것이고 후자는 다양한 계통의 지식과 기술이 융합된 결과물로, 저자의 표현을 빌자면 수백 명 어쩌면 수백만 명이 만들었을 수도 있는 것이다.

인류의 미래에 대해 낙관론을 설파하는 대표적인 논객인 저자는 뇌와 뇌 사이의, 아이디어를 비롯한 여러 가지 형태의 교환과 그에 따른 역할의 분화와 전문화가 인류 문화 발전과 번영의 원천이 되었다고 주장한다. 21세기에 들어 더욱 많이 논의되고 있는 집단 지성collective intelligence의 출현으로 태초의 인류 문명이 발달하게 되었다는 것이다. 매트 리들리가 명명한 '집단 뇌collective brain의 상호교류'라는 개념 자체가 흥미로웠다.

21세기는 살기에 아주 근사한 시대가 될 것이다. 우리 모두 거리낌 없이 낙관주의자가 되자.

《이성적 낙관주의자》의 마지막 문단이다. 책을 덮으면서 생각해보았다. 우리는 지금 근사한 시대에 살고 있는가? 21세기는 20세기보다 살기 좋은 시대인가? 우리 아이들은 우리보다 행복하게 살 수 있을 것으로 낙관해도 될까?

낙관성 척도로 알려진 〈삶의 지향성 검사 Life Orientation Test, LOT〉에 포함된 낙관 문항들은 다음과 같다.

- **불확실할 때, 나는 대체로 최상을 기대한다.**
- **나는 언제나 내 미래에 대해서 낙관적이다.**
- **전반적으로 볼 때 나에게 나쁜 일보다는 좋은 일이 더 일어날 것이라고 예측한다.**

이처럼 낙관 optimism 은 '모든 게 잘 될 거야'라는 기대감의 심리다. 낙관을 사전에서 찾아보면 '인생이나 사물을 밝고 희망적인 것으로 봄, 앞으로의 일 따위가 잘 되어 갈 것으로 여김'이라고 나와 있다.

삶에서 마주하는 일들이 내 뜻대로 되는 경우는 별로 없다. 심지어 온전히 내가 통제할 수 있는 일이라고 여기더라도 예측하지 못한 변수로 일이 틀어지거나 예상했던 결과와 다르게 흘러갈 때가 자주 있다.

그렇다면 첫 번째 항목인 '불확실할 때 최선의 결과를 기대하는 심리'는 대체 무엇일까? 나조차도 저렇게 기대해본 적이 있었겠지만 하도 오래되어서 기억이 나지 않는다. 대부분 기대만큼의 결과가 나오지 않아 더 실망하지 않았던가? 그래서 불확실할 때에는 더더욱 마음을 비우고 좋은 결과를 기대하지 않으려고 애썼던 것 같다. 그럼 나는 낙관과는 거리가 먼 사람인가?

세 번째 항목에 대해 의문이 드는 것도 마찬가지다. 내게 좋은 일이 일어날 수도 있지만, 나쁜 일도 얼마든지 일어날 수 있다. 나에게 나쁜 일보다 좋은 일이 더 일어날지는 아무도 모른다. 이처럼 낙관은 대부분 비현실적이고 비논리적인 기대가 아닌가 하는 생각이 들었다.

◎ 새로운 지향점, 이성적 낙관주의자를 향해

낙관과 혼용되는 말로 긍정이 있다. 긍정positive의 사전적 정의는 '그러하다고 생각하여 옳다고 인정함'이다. 낙관에는 인생이나 사물에 대해 '좋을 것'이라는 '가정假定'이 포함되지만 긍정에는 세상에 대한 가정이 포함되지 않는다. 다만 외부의 환경이나 상황에 대해 내가 어떻게 인지하고 반응할 것인지, 즉 세상에 대한 '태도'가 담겨 있다. 그래서 '삶을 긍정하는 자세', '어떻게 삶을 긍정할 것인가?'와 같이 긍정에는 낙관에 비해 방법론적인 의미가 보다 들어가게 된다.

내 감정의 '균형'을 위한 마음 사용 설명서

우울하고 자해나 자살 위험이 있는 아이들을 많이 보는 직업 특성상 긍정 역시 나와 가까운 말은 아니다. 우울한 아이들의 심리검사 결과를 환자와 보호자에게 설명할 때가 많은데 이때 가장 많이 전달하는 말이 '부정' 정서다. 우울, 불안, 슬픔, 무기력감, 좌절, 자책, 자기비하, 자존감 저하, 외로움, 고립감 같은 것들이 부정 정서에 해당된다(그러고 보니 이 책에도 주로 부정적인 감정에 대해 쓰고 있다).

아무튼 나는 우울한 아이들에게 부정적인 생각과 정서, 행동의 연결고리와 상호 영향을 인지시키고 이것들을 긍정적인 것들로 바꾸려고 시도한다. 이를 위해 동원되는 기법에는 인지 재구성, 정서 조절, 행동 활성화 등이 있다.

인지 재구성에서는 부정적으로 생각하는 경향, 즉 인지 왜곡을 알아차리고 바로잡도록 돕는다. 정서 조절에서는 부정 정서를 감내하고 잘 다룰 수 있게 가르쳐주고 행동 활성화에서는 기분이 좋아지는 활동을 계획하고 실천하도록 돕는다.

긍정적인 사람은 무슨 일이 닥쳤을 때 여러 경우의 수를 탐색해 최선의 결과를 낳을 가능성이 높은 선택을 한다. 반면 낙관적인 사람은 부정적이거나 위험할 수 있는 경우를 직시하지 않으려고 하고 심지어는 외면하기도 하며 자기가 보고 싶은 것만 보려는 경향이 있다.

낙관적인 사람은 타인의 슬픔이나 고통, 분노, 공포, 외로움 같은 부정 정서도 바로 보지 못하기에 공감하지 못하기도 한다. 그렇기에 낙관적인 사람에게는 이런 감정들을 표현하기가 주저된다. 어렵사리 말을 꺼냈는데 "뭘 그런 거 갖고 그래"와 같은 반응이 돌아오는 때가 많기 때문이다. 이런 반응은 속마음을 털어놓은 사람을 초라하게 만들기도 한다.

비이성적인 낙관주의자들은 위험하기까지하다. 이들은 자신의 능력을 지나치게 과신하며 한정된 데이터에서 긍정적인 결과나 미래를 도출해낸다. 그리고 좋은 일은 자신에게 더 생기고 나쁜 일은 남에게 더 일어난다는 인지 오류에 빠져 있는 경우가 많다. 이들이야말로 진짜 문제가 무엇인지를 보지 않으려고 하는 사람들이다.

하지만 이 글을 정리하면서 낙관주의가 그렇게 부정적인 것만은 아님을 깨달았다. 긍정적이며 낙관적인 사람은 회복탄력성resilience이 높은 것으로 여러 연구에서 밝혀져왔는데 회복탄력성을 측정하는 데 많이 사용되는 〈한국형 회복탄력성 지수 검사Korean Resilience Quotient Test〉의 3가지 요소 중 하나인 긍정성의 하위 요소에 '자아 낙관성'이 포함되어 있었다.

그렇구나. 긍정과 낙관이 다른 말이기는 하지만 서로 맞닿아 있으면 시너지 효과를 낼 수 있는 말들이었구나. 중요한 것은 긍정과 낙관이 이성의 끈으로 연결되어 낙관주의가 비이성적인 낙관주의로 흘러가지 않도록 하는 것이었다.

매트 리들리가 자신의 책 제목을 이성적 낙관주의자라고 지으면서 '이성적'에 방점을 찍었던 이유를 이제야 이해하게 되었다. 그는 자신이 낙관주의에 도달한 것은 기질이나 본능에서 비롯된 것이 아니고, 이성적으로 증거들을 들여다봄으로써 이룰 수 있었다고 쓴 바 있다.

10년이 지나 이 책을 다시 집어든 것에도 나 자신에게 깨달음을 주려는 무의식적인 의도가 있었던 것이 아니었나 싶다. 사실과 근거에 기반해 현실을 직시하고 긍정적인 자세로 세상을 살아가는 낙관주의자. 이성적 낙관주의자는 내 삶의 새로운 지향점이 되었다.

Self Check

1. 나는 긍정 또는 낙관의 자세로 삶을 대하고 있는가?
2. 낙관과 긍정의 다름을 이해하고 이성적 낙관주의의 장점을 받아들일 수 있는가?

아이의 병은 부모 잘못이 아니듯

자책 ◑ 후회

◎ 후회, 그때는 알지 못하는

후회에 대한 책이 이렇게도 많다는 걸 이번에 처음 알았다. 제목에 '후회'가 들어가는 책은 연령대별로도 있다.《20대, 해보고 싶은 건 후회 없이 다 해볼 것이다》,《30대에 하지 않으면 후회할 것들》,《40대를 후회 없이 살기 위한 15가지 습관》(50대 이후는 안 보인다. 이유가 뭘까?),《후회 없이 살기 위해 더 늦기 전에 꼭 해야 할 일》,《죽을 때 후회하는 스물다섯 가지》등등.

이미 늦었지만 그래도 아직 40대의 끄트머리에 있기에 이 중에서《40대를 후회 없이 살기 위한 15가지 습관》을 주문해서 읽었다. 사실《나는 아내와의 결혼을 후회한다》는 유명 문화심리학자의 책에 눈길이 가장 오래 머물렀는데 고민 끝에 이 책은 사지 않았다. 아내 앞에서 이 책을 읽고 있다가는 온갖 추궁을 당하게 될 것이 뻔하기 때문이다. 글감을 얻기 위해 샀다고 해도 믿지 않을 것이 분명하다.

그러고 보면 사람들은 많이 후회하면서 산다. 나도 마찬가지다. 내 인생의 결정적 순간들에서(결정적인지 아닌지는 그때는 알지 못한다) 그때와 다른 선택을 했더라면 지금 어떻게 되었을까 하고 돌아보는 적이 한두 번이 아니다.

이런 후회와 상상은 일면 즐겁기도 하다. 바꾸고 싶은 과거로 돌아가거나 시간을 되돌리는 영화가 시대를 불문하고 사람들에게 인기가 많은 이유도 이 때문일 것이다. 〈터미네이터Terminator〉(1984)나 〈빽 투 더 퓨처Back to the Future〉(1985) 시리즈, 〈시간을 달리는 소녀時をかける少女〉(2006), 〈어바웃 타임 About Time〉(2013), 〈엣지 오브 투모로우 Edge of Tomorrow〉(2014), 그리고 최근작인 〈테넷Tenet〉(2020)까지. 지금 머릿속에만 떠오르는 영화가 이 정도인데 실제로는 훨씬 더 많을 것이다.

후회는 '이전의 잘못을 깨치고 뉘우친다'는 뜻이다. 후회는 선택이나 결정에 따르는 감정이다. '만약 그때 다른 선택을 했더라면 지금의 (부정적인) 결과가 이렇지는 않았을 텐데'에 수반되는 감정이다. 사전적 정의 중 '잘못'이 과연 무엇인지 궁금해지기는 했다. 사람은 잘못만을 후회하지는 않는다고 믿기 때문이다.

후회는 반추를 동반한다. 반추rumination의 사전적 정의는 '어떤 일을 되풀이하여 음미하거나 생각함 또는 그런 일'이다. 마음속에서 떨쳐낼 수 없는 어떤 생각에 사로잡혀 있음을 뜻한다. 기쁘고 행복했던 일을 반추할 수도 있겠지만 많은 이들은 자신이 잘못했던 일이나 돌이키고 싶은 일에 대해 더 반추한다. 우울증에서도 반추가 많이 나타난다.

미국 피츠버그대학 연수 중 연구실 동료였던 린지 스톤 Lindsey Stone 박사는 반추 중에서도 친구들끼리 어떤 문제나 부정적 감정에 대해 반복적으로 오랜 시간 동안 이야기하는 공동반추co-rumination를 전문적으로 연구해온 학자였다.

린지는 2011년에 출판된 자신의 연구에서 청소년들이 공동반추를 많이 하면 우울증에 걸릴 확률이 높아진다고 보고한 바 있다. [2]

청소년들이 서로 나누는 불안이나 슬픔, 미움과 같은 부정적인 감정들이 서로에게 전이되면서 기분을 좋게 만들기보다 침잠시키는 쪽으로 작용하기 때문이다.

아내와 20년 이상을 살아오면서 정해온 여러 삶의 원칙 중하나는 '한번 결정했으면 절대로 뒤돌아보지 말자'라는 것이다. 심사숙고해서 내린 결정은 그 순간의 우리로서는 최선을다해서 내린 결정이기에 나중에 되돌아보면서 후회하지 말자는 것이다. 지금까지는 그런대로 정한 것을 지키면서 잘 살아온 것 같다. 물론 후회나 반추를 할 수밖에 없는 힘든 순간들도 있었지만 말이다.

◎ 어느 순간 멈추어야만 하는, 반추

진료실에서는 소아정신과 의사라는 직업 특성상 자녀를 잘못 키운 것 같다고 후회하는 부모들을 자주 만난다.

"아이가 어릴 때 제가 직장 일로 너무 힘들어서 한동안 우울했어요. 그래서 아이를 제대로 돌보지 못했어요. 그때 제가직장을 그만두고 아이를 잘 키웠으면 아이에게 지금 같은 문제는 안 생겼을 수도 있지 않을까요?"

내가 이들에게 가장 많이 해주는 말은 '아이의 병은 부모의잘못이 아니다'라는 말이다. 그리고 설령 잘못이 있었더라도그것이 되풀이되지 않도록 대비하는 것이 더 중요하다고 말한다. 돌이킬 수 없는 과거보다는 지금 이 순간인 현재와 다가올 미래에 집중해야 함을 일깨우는 것이다. 그러기 위해서 후회가 필요하기는 하다. 이전에 자신을 돌아보며 어떻게 다르게 말하고 행동할 수 있었을지 생각하는 것이 변화와 발전의 계기가 될 수 있기 때문이다. 이렇듯 후회는 긍정적인 변화의 동기로 작용할 수 있다.

자책은 자신의 결함이나 잘못에 대해 스스로 깊이 뉘우치고 자신을 책망한다는 뜻이다. 후회와 다른 점은 '책망한다'는 것에 있다. 책망의 사전적 정의는 '잘못을 꾸짖거나 나무라며 못마땅하게 여김'이다. 후회에 비해 자책에는 자신을 부정적으로 여기는 감정과 생각이 더 들어가는 셈이다.

후회에 동반된 반추가 지나치면 자책으로 이어질 가능성이 높다. 따라서 후회와 반추로 깨달음을 얻은 후에는 더 이상의 반추는 멈추어야 한다.

반추를 교정하는 몇 가지 방법을 소개한다(린지의 도움을 얻었다).

첫째, 큰 소리로 노래를 부른다. 단순해 보이지만 실제 해보면 노래하는 중에는 반추나 걱정이 매우 어려움을 깨달을 수 있다. 다만 노래를 잘 하지 못하는 사람은 자신의 노래를 들으면서 기분이 나빠질 수는 있다.

둘째, 반추나 걱정과 같은 생각 자체보다는 생각에 대한 반응이 정서적 고통을 유발함을 알아야 한다. 반추는 생각일 뿐이고 실제가 아님을 자각할 필요가 있다. 그러기 위해서는 먼저 반추에 맞서려 하지 말고 반추가 있다는 것만 인지하는 수준에서 멈추도록 해 본다. 예를 들어 '내 인생은 실패했어'라고 반추했다면 '내 마음이 내 인생이 실패했다고 생각했구나' 정도의 인지에서 그치도록 연습해보는 것이다.

다음으로는 반추를 시각화해본다. 그 과정에서 반추가 가져오는 정서적 반응에서 분리되어 자책으로 빠질 수 있는 위험을 피할 수 있다. 시각화는 다양하게 해 볼 수 있는데 가장 쉬운 방법은 '내 인생이 실패했다'라는 글자 하나하나를 머릿속에서 입체화시켜보는 것이다. 또 눈을 감은 채로 시냇물을 시각화하면서 '내 인생이 실패했다'라는 생각을 나뭇잎이라 여기고 나뭇잎이 시냇물에 떨어진 후 떠내려가는 동영상을 시연해보는 것도 치료자들이 많이 쓰는 방법이다.

"20년 후에 당신은 지금 한 일보다 하지 않은 일 때문에 더 후회하게 될 것이다."

이는 소설가 마크 트웨인Mark Twain의 격언으로 알려져 있으나 실은 해리엇 잭슨 브라운 주니어H. Jackson Brown Jr.의 책인

《P. S. I Love You》에 담긴 글이다(그러고 보면 세상에는 잘못 알려진 것들이 꽤 많다).

후회하는 것을 두려워할 필요는 없다. 후회는 얼마든지 해도 좋다. 무엇이 되었든 안 하고 후회할 바에는 하고 후회하는 것이 낫다. 다만 후회가 지나친 반추로 인해 자책으로 발전하지 않도록 경계할 수 있으면 된다.

Self Check

1. 후회가 자책이 되었던 경험이 있는가?

2. 지금 후회가 되는 일이 있는가? 위에서 소개한, 반추를 교정하는 세 가지 방법을 사용해보자.

내 감정의 '균형'을 위한 마음 사용 설명서

성숙한 어른이 되어가는 과정

좌절 ◐ 낙담

◎ 왜 하필 나인가

조 바이든Joe Biden 미국 대통령의 책상 위에 수십 년간 놓여 있는 두 컷의 만화 액자는 그가 1972년 교통사고로 아내와 딸을 잃은 후 신을 원망하며 시름에 잠겨 있을 때 그의 아버지가 건넨 것으로 알려져 있다.

〈공포의 해이가르Hagar the Horrible〉(1986)라는 제목의 만화에서 주인공인 바이킹은 자신이 탄 배가 폭풍우 속에서 벼락을 맞아 좌초되자 신을 향해 외친다.

"왜 하필 나입니까(Why me)?"

돌아온 신의 대답.

"왜 넌 안 되지(Why not)?"

삶의 순간순간들에서 이처럼 '이런 일이 왜 하필이면 나에게 일어났지?'라고 자문하게 될 때가 있다. 안 좋은 일은 누구에게나 닥칠 수 있음을 잘 알면서도 말이다. 특히 나쁜 일이 하나 생긴 후, 이제 더 안 좋은 일은 생기지 않겠지 하고 스스로를 위안했는데 나쁜 일이 바로 또 생기면 낙담하고 좌절할 수밖에 없다. 나쁜 일을 연이어서 마주하는 경험을 하다 보면 비관주의에 빠지기도 한다.

다른 글에서도 인용했던 〈삶의 지향성 검사LOT〉의 비관 문항들을 살펴보면 다음과 같다.

- 만약 나에게 어떤 것이 잘못될 수 있다면, 그렇게 될 것이다.
- 내 뜻대로 일이 진행되리라고 거의 기대하지 않는다.
- 나에게 좋은 일이 일어나리라는 것을 기대하지 않는다.

이 중 마지막 문항을 제외한 위의 두 문항이 지극히 현실적이고 이성적으로 다가오는 것은 나만의 생각, 아니 착각일까? 내게 좋은 일이 일어날 수 있지만 나쁜 일도 얼마든지 일어날

내 감정의 '균형'을 위한 마음 사용 설명서

수 있다. 그리고 특히 여럿이서 같이 하는 일이면 그 일이 내 뜻대로 진행되지 않는 경우가 많음을 일하는 사람이라면 누구나 경험해보았을 것이다. 내가 원하는 대로 일이 풀리지 않아서 낙담하고 실의에 빠졌던 경험도 한 번쯤 가지고 있을 것이다.

낙담disappointment을 사전에서 찾아보면 '바라던 일이 뜻대로 되지 않아 마음이 몹시 상함'이라고 나와 있다. 한편 비슷한 말인 좌절frustration의 사전적 정의는 '마음이나 기운이 꺾임, 어떠한 계획이나 일 따위가 도중에 실패로 돌아감'이다. 내가 기대했던 일이 잘 안 되었을 때 느끼는 감정이 낙담인 데 비해 나의 계획이나 목표가 이루어지지 못했을 때 느끼는 감정은 좌절이다. 낙담이 슬픔과 연결되는 데 비해 좌절은 분노와 연결된다.

자극과민성irritability 또는 과민은 '화를 잘 냄, 성급함'이라는 의미로 구체적으로는 사소한 일에 쉽게 짜증내거나 심사가 뒤틀리는 것을 말한다. 과민은 좌절에 대한 반응으로 경험하는 분노의 역치가 낮은 상태로도 이해할 수 있다. 좌절과 분노, 과민, 공격성은 서로 밀접한 관계가 있는 감정들임을 이해할 필요가 있다.

◎ 최적의 좌절, 최적의 목표

자기심리학self psychology 이론을 정립한 정신분석학자 하인즈 코헛Heinz Kohut은 아이가 견딜 수 있어서 심리적 상처가 되지 않는 정도의 좌절을 '최적의 좌절optimal frustration'이라고 정의했다.

부모가 아이를 키워가는 중에 아이에게 최적의 좌절을 경험하게 하는 것은 아이의 올바른 인격 형성에 필수 불가결하다. 아이는 자신이 원하는 것을 부모가 들어주지 못할 수도 있다는 것을 배워야 하고 부모는 아이가 자신의 요구가 받아들여지지 않는 상황을 참고 견딜 줄 알게 가르쳐야 한다.

아이가 원하는 것을 들어주기만 하는 허용적인 육아 태도나 아이를 지나치게 통제하기만 하는 권위주의적인 육아 태도 모두 아이의 좌절 감내력frustration tolerance을 키우는 데 도움이 되지 못한다. 전자의 아이들은 별로 좌절해본 적이 없기 때문에 뜻하지 않은 고난을 마주하게 되면 심하게 좌절하거나 절망한다. 후자의 아이들은 어려서부터 부모의 엄격한 통제 아래 무수한 좌절을 경험하면서 자존감이 낮아지고 패배 의식을 학습하기도 한다.

그래서 과하지도 모자라지도 않은, 적절한 좌절을 어릴 때

내 감정의 '균형'을 위한 마음 사용 설명서

부터 배우고 경험해보아야 한다는 말이 나온 것이다. 아이를 키우는 부모의 입장에서는 적절한 통제와 허용 사이에서 균형을 잡을 줄 아는 것이 육아의 핵심이다.

좌절하지 않기 위해 목표치나 지향점을 낮게 잡고 위험을 최대한 회피하는 사람들이 있다. 일면 현명하면서 안전한 전략이기도 하다. 시험에서 100점을 맞겠다고 하는 것보다 90점 이상을 맞는 걸 목표로 세우고 기대하는 것이 현실적임은 분명하다.

하지만 이렇게 되면 은연 중에 매사에 목표치를 낮추는 습관을 들이게 될 수 있다. 목표를 낮춤으로써 자신을 심리적으로 보호하는 순기능의 이면에는 자신의 틀을 깨며 도전할 기회를 스스로 앗아가는 역기능이 있음을 알아야 한다.

목표나 지향점이 너무 높은 사람도 문제다. 당연히 좌절할 확률이 높아지기 때문이다. 이런 사람이 좌절하는 것을 피하기 위해서는 설정한 목표 수준이 지나치거나 비현실적이 되지 않도록 조절할 수 있어야 한다.

최적의 좌절이란 말처럼 '최적의 목표'가 필요한 순간이다.

◎ 낙담의 크기, 1보다 작게

낙담=기대/현실, 즉 낙담을 현실이 분모, 기대가 분자인 분수로 표현하기도 한다. 쉽게 말하면 기대가 현실에 비해 크면 낙담한다는 말이다. 이처럼 낙담은 기대와 현실 사이의 부조화에서 발생하기에 낙담은 나의 기대 수준이 비현실적인 것은 아니었는지 점검해볼 수 있는 기회가 될 수 있다는 점에서 꼭 나쁘기만 한 것은 아니다.

다만, 위험하게 생각하고 경계해야 하는 것은 낙담할 일이 생겼을 때 이를 자신의 실패라 여기고 부끄러워하거나 자책하는 것이다. 앞서 '자책과 후회'에 대한 글에서도 썼듯이 자책에는 부정적인 생각과 감정이 포함되기 때문에 이런 경우 낙담은 자책과 함께 자기비하, 자존감 저하, 절망감, 우울증 등에 빠질 위험성이 높다.

인생은 고난과 시련의 연속이다. 이를 마음 속 깊이 인정하고 받아들일 수 있다면 낙담할 만한 일에도 담담해지고 초연해질 수 있다. 내가 어떻게 해 볼 수 있었던 것이 아닌 불가항력적인 일이나 사건이라면 더더욱 낙담하지 않고 받아들여야 한다. 조 바이든의 가족에게 닥친 교통사고처럼 말이다.

정신적 외상에 대한 연구에서는 자연재해보다 부실 공사와 같은 인재人災에 노출 시 외상후스트레스장애가 발생할 비율이 높아진다고 보고되어 왔다.[3] 태풍이나 지진과 같이 사람이 통제할 방법이 없는 자연재해에 대해서는 많은 사람들이 어쩔 수 없는 운명처럼 받아들이기 때문이다.

좋은 일이라고 생각했는데 나중에 보면 그게 좋은 일이 아니었던 적도 많았고, 나쁜 일이라고 생각했는데 결과적으로는 좋은 쪽으로 일이 풀린 적도 많았다. 전화위복轉禍爲福이나 새옹지마塞翁之馬처럼 옛말에 틀린 말은 없다는 것을 나이 들수록 새삼 깨닫는다. 그래서 이제는 좋은 일에 크게 기뻐하지 않고, 나쁜 일에 크게 슬퍼하지 않는 삶의 태도를 지니게 되었다.

낙담의 분모(현실)와 분자(기대)를 조정하며 낙담의 크기가 1보다는 작게 되도록 맞추어나가는 것이 성숙한 어른이 되어가는 과정이라는 생각이 든다.

Self Check

1. 나는 '최적의 좌절'을 경험했는가?
2. 낙담했던 경험들을 떠올려보고 그때의 낙담의 크기가 1보다 컸는지, 작았는지 가늠해보자.

Chapter 2

타인을 '배려'하는
마음 사용 설명서

이타적인 삶의 기로에서

예민 ● 섬세

◎ 예민한 아빠? 섬세한 아빠!

의과대학과 정신과 수련 동기인 성균관의대 삼성서울병원 전홍진 교수의 저서 《매우 예민한 사람들을 위한 책》(글항아리, 2020)이 베스트셀러로 주목받았다. 서로 다른 병원에서 일하고 있고 진료하는 환자의 연령층은 다르지만 비슷한 시기에 미국에서 연구년을 보낸 우리들은 어떻게 하다 보니 우울증과 자살 위험에 있는 사람들을 돌본다는 공통점을 갖게 되었다.

그의 책이 인기를 끌었던 이유는 그만큼 자신이 예민하다

타인을 '배려'하는 마음 사용 설명서

고 생각하고 걱정하는 사람들이 많다는 증거다. 책에서는 '예민'을 이렇게 정의한다.

'예민하다'는 영어로 'sensitive'인데, 외부 자극에 민감하다는 뜻이다. 'Highly sensitive persons(HSP)'은 직역하면 매우 예민한 사람들인데 의학적인 용어나 질병명은 아니다. 2006년 에런 박사가 제시한 개념으로 '외부 자극의 미묘한 차이를 인식하고 자극적인 환경에 쉽게 압도당하는 민감한 신경 시스템을 가지고 있는 사람'을 의미한다.

_P. 17

한편 《예민한 게 아니라 섬세한 겁니다》(다카다 아키카즈 지음, 신찬 옮김, 매일경제신문사, 2018)라는 제목의 책에 따르면 '예민하다'의 뜻으로만 알았던 'sensitive'에는 섬세한, 주의 깊은, 배려심 깊은 등의 뜻도 담겨 있다고 한다. 실제로 'sensitive'를 사전에서 찾아보면 '(남의 기분을 헤아리는 데) 세심한', '(예술적으로) 감성 있는'과 같은 정의도 포함된다.

 섬세와 예민의 차이는 무엇일까? 영어로 같은 걸 보면 종이 한 장 차이일 것 같은데 단순히 예민은 부정의 의미, 섬세는 긍정의 의미로 사용할까? 그렇다면 예민함을 어떻게 하면 섬세함으로 바꿀 수 있을까? '우리 가족은 예민한 아빠를 피곤해한다'고 어느 책에 썼는데 이를 '우리 가족은 섬세한 아빠를 좋아한다'로 바꿀 수는 없을까?

사실 나는 가족 내에서는 예민한 아빠로 구박받지만 선후배나 동료 사이에서는 섬세한 사람이라는 평가를 받는다. 아니 이들도 내가 예민하다고 생각하지만 내 앞에서 그냥 좋은 쪽으로 말하고 있을 수도 있겠다. 그래도 한번은 선배가 '섬세하고 정확하다'고 나를 평가했는데 내가 들었던 그 어떤 말보다 최고의 칭찬으로 여겼다.

섬세함을 갖춘 것은 축복이자 짐이 될 수 있다. 섬세한 사람은 다른 사람의 기분과 정서, 생각과 행동의 미묘한 변화를 잘 포착한다. 섬세함은 정신과 의사가 갖추어야 할 덕목이기도 하다. 정신 치료 시간 중 환자의 미세한 표정 변화, 언어와 비언어의 불일치verbal-nonverbal discrepancy, 말의 속뜻, 의미 없어 보이는 행동의 속내 등을 알아챌 수 있어야 하기 때문이다.

특히 말과 표정이 어울리지 않는, 언어와 비언어가 일치하지 않는 지점 — 유쾌한 이야기를 하는데 표정은 어둡거나, 슬픈 이야기를 하는데 표정은 웃고 있는 것과 같은 상황 — 에서 환자의 무의식을 엿볼 수 있다고 배워왔다. 타인을 동정하고

타인을 '배려'하는 마음 사용 설명서

타인에게 공감하기 위해서는 섬세함을 반드시 갖추어야 한다.

　섬세한 사람은 자신보다는 타인을 중심에 두고 생각하고 행동하는 경향이 있다. 그러다 보니 내 기분보다는 상대방이 어떻게 느끼는지를 더 신경 쓴다. 섬세한 사람은 다른 사람의 고민을 상담해주고 아픔을 치유해주는 소위 상담자나 치료자의 역할을 하고 있을 때가 많다.

◎ '섬세'로 가는 길, 이타적인 삶

섬세와 예민이 차이가 나는 지점은 바로 여기다. 예민한 사람도 타인을 많이 신경 쓰고 남의 기분을 잘 알아차리지만 타인보다는 자신을 중심으로 생각하고 행동한다. 상대방보다는 나를 지키고 보호하기 위해, 내 마음을 안정시키기 위해 예민이라는 촉수를 동원한다. 내가 가족에게 별일 아닌 걸로 신경을 곤두세우고 예민하게 굴었던 것도 가족을 위하고 배려한다기보다는 내 마음이 편안한 쪽으로 가족이 행동해주기를 바랐던 적이 대부분이었다.

　또 다른 예로 예민한 사람은 타인의 부탁이나 요청을 잘 거절하지 못하는데, 이는 남을 위한다기보다는 남에게 안 좋은 사람으로 보이고 싶지 않아서 수락하는 경우가 많다. 내가 남에게 어떤 모습으로 비쳐질까 더 신경을 쓰는 것이다. 이렇듯 예민이라는 감정은 자기중심적인 얼굴을 띈다.

예민한 사람은 우리가 흔히 말하는 '유리 멘탈'인 경우가 많다. 깨지기 쉬운 유리처럼 타인의 시선이나 의견에 민감하게 반응하며 쉽게 상처나 충격을 받는다.

예민한 사람의 민감한 신경 시스템은 외부 환경과 자극으로 많이 향해 있지만 내면의 감각에 집중될 때도 많다. 예민으로 인한 걱정, 불안은 심장 박동 수의 증가, 호흡 곤란, 손 떨림, 두통, 복통 등의 신체 증상이나 통증을 불러일으키는데 이는 건강에 대한 염려와 함께 예민함을 증폭시키곤 한다.

예민과 걱정, 불안은 같이 붙어 다닌다. 서로 똘똘 뭉쳐서 (건강하지는 못한 방식으로) 외부 자극에 취약한 자신을 방어하고 있는 모습을 상상해보면 이해가 쉬울 것이다.

소아청소년의 불안 증상을 평가하는 대표적인 평가 척도인 〈Screen for Child Anxiety Related Emotional Disorders, SCARED〉(이름을 참 멋지게 잘 지었다)에 대한 연구를 진행하면서 청소년 불안에서 한국과 미국의 문화적 차이가 있는지 알아본 적이 있다.[4]

흥미로운 사실은 한국이나 일본 같은 동양 문화권에서는 서양과 다르게 대인 공포 - 사회 불안 - 가 다른 사람에게 폐를 끼쳐 안 좋은 사람으로 보일까 봐 걱정하는 예민함과 밀접한 관련이 있었다는 것이다. SCARED 중 '집 밖에서 자게 되면 두렵다'는 미국 연구에서는 분리 불안 요인으로 분류된 반면, 우리 연구에서는 사회 불안 요인으로 분류된 것도 주목해야 할 부분이었다.

논문에서는 이 역시 (자신이 반드시 원해서 가지는 않는) 수학여행 등의 단체 합숙에서 타인의 시선에 신경 쓰고 지나치게 눈치를 보며 예민해하는 한국 청소년의 특성이 반영된 분석 결과로 이해하고 동서양의 문화적 차이로 설명했다.

지금까지 보듯이 처음에 생각했던 것처럼 섬세와 예민은 동전의 양면처럼 서로 등을 맞대고 있는 단어였다. 자기중심적인 예민과 이타주의적인 섬세, 마음의 중심이 어디로 향하는지가 둘의 차이를 구분 지을 수 있는 지점이었다.

'섬세하다'를 사전에서 다시 찾아보았다. '섬纖'과 '세細'에는 곱다, 가늘다, 부드럽다, 세밀하다 같은 뜻이 들어 있었다. 이것저것 멀리서 찾아볼 필요 없이 답은 단어 안에 있었다. '곱고 부드러운 마음.' '예민' 하면 떠오르는 고슴도치의 까칠

함과는 명백히 결이 다른 감정이었다. 고슴도치처럼(전홍진 교수의 책 표지도 고슴도치였다) 뾰족 가시를 세우고 자기 보호 본능으로 잔뜩 웅크린 마음과는 확연히 다르지 않은가?

이렇게 섬세와 예민의 차이에 대한 깨달음을 얻었으니, 나의 섬세함이 예민함이 되지 않도록 이타적인 삶을 살아나가려고 노력해야겠다.

Self Check

1. 나는 섬세한가, 예민한가?
2. 내가 쉽게 예민해지는 원인이 무엇인지, 이를 개선할 방법은 없는지 생각해보자.

서로의 주파수를 맞추어나가다

동정 ◑ 공감

◎ 의사, 환자와의 소통에 필요한 것

서울대학교 의과대학의 인간-사회-의료 과정 중 의학과 1학년 2학기에 의료의 전문직업성과 의료윤리, 의사소통과 면담, 세계화와 의료윤리를 가르친다. 그중에 나는 의사소통과 면담 수업의 책임을 맡고 있다. 인간-사회-의료의 전신인 환자-의사-사회 과정에서도 비슷한 수업을 진행해왔으니 근 10년 정도 이 수업을 담당한 셈이다.

의사소통과 면담 수업은 강의와 실습으로 나뉘어 있다. 학생들은 의료인의 의사소통 총론, 대화 기술, 설명과 고지, 설득과 회유 등에 대해 강의를 먼저 듣는다. 그런 후 의사-환자 관계에서 발생할 수 있는 대표적인 사례들의 시놉시스synopsis에 기반해 실습 조별로 시나리오를 만들고 동영상을 촬영한 후 다 같이 모여서 동영상을 감상하고 토론을 진행한다. 강의에서 배운 것을 시나리오와 동영상에 최대한 반영하도록 주문한다.

매해 진행하는 수업이지만 학년별로 분위기는 약간씩 다르다. 대체로 진중하지만 톡톡 튀며 발랄한 학년도 있다. 하지만 10년 전과 지금을 비교하면 분위기가 확연하게 다르다. 10년 전에는 조별 발표마다 개성이 뚜렷했고(물론 함량미달인 작품도 많았지만), 토론 시간에는 다양한 생각과 의견을 들을 수 있었다. 설익고 거칠지만 배우는 학생이기에 얼마든지 내놓을 수 있는 것들이었다. 무언가 풋풋하고 싱그러운 느낌이랄까.

반면 최근 학생들은 대부분 모범답안을 내놓는다. 시나리오도 동영상도 산뜻하고 폼이 난다. 어려서부터 의사소통과 경청, 공감에 대해 많이 듣고 배우고 훈련을 받아온 품새가 보인다. 동영상이나 토론 수준은 평균적으로 상향되었으니 수업의 목표는 더 이룬 셈이다.

하지만 정신과 의사의 촉은 왠지 불안한 쪽으로 기운다. 무언가 훈련 받은 매뉴얼대로 외워서 말하고 행동하는 듯한 인

타인을 '배려'하는 마음 사용 설명서

상이랄까. 감정을 학습한 로봇이 연상된다. 이들이 의사–환자 관계의 다양한 스펙트럼을 이해하고 진료 현장에서 종종 발생하는 돌발 상황, 소위 매뉴얼을 벗어나는 상황에서 유연하게 사고하고 대처할 수 있을까 하는 의문이 들었다. 과연 이들이 의사가 되고 나면 환자 입장이나 감정을 잘 헤아릴 수 있을까?

공감은 '함께 느끼고 함께 아파한다'는 의미의 그리스어에서 유래한 단어다. 한마디로 타인의 입장에 서서 타인의 마음 상태를 헤아리는 능력을 말한다. 공감은 영어로 'empathy'이다. 'empathy'를 '감정이입'으로 번역하는 것이 맞다는 주장에도 수긍하지만 여기서는 공감으로 정의하기로 한다. 어원을 찾아 들어가면 empathy = into + pathy로 '고통 안으로 들어가는(into the feeling)'의 뜻을 지닌다. 한마디로 '타인의 고통 속으로 들어가서 느끼는 것'이라고 이해하면 말의 의미가 명확하게 다가올 것이다.

동정sympathy은 with(together) + pathy로 '타인의 고통을 함께하는 것(with the feeling)'이다. 동정은 타인이 겪는 어렵고 힘든 상황과 이에 따르는 불행이나 고통을 인지하고, 이러한 정서적 어려움을 경감시키기 위해 타인을 연민하고 지지하며 돕는 것을 말한다. 타인의 어려운 처지를 자기 일처럼 딱

하고 가엾게 여기며, 정신적으로나 물질적으로 도움을 베풀게 된다. 언뜻 보기에 동정과 공감은 비슷한 말 같고 나도 남에게 가르치거나 설명을 할 때 가끔 헷갈리기도 한다. 이럴 때 영어의 'into'와 'with'의 차이를 기억하면 혼동될 일은 없을 것이다.

◎ 공감, 함께 같은 곳 바라보기

공감이 무엇인지 더 잘 이해하기 위해서는 '합동주시joint attention'라는 개념을 알면 좋다. 합동주시는 타인과 관심을 공유하기 위해 가리키기와 보여주기, 관심 물체와 사람 사이를 오가는 시선의 이동을 함께 사용하는 것으로, 영유아가 사회적 의사소통의 초기 발달 과정에서 획득하는 중요한 기술이다. 이렇게 쓰니까 뭔가 어렵게 들리는데 합동주시라는 말을 곧이곧대로 해석하면 오히려 이해하기 쉽다. '함께 같은 곳을 바라본다.' 어떤 마음 상태인지 느낌이 확 다가오지 않는가?

합동주시와 공감에는 정서 조율emotional tuning, 감정이입, 이심전심以心傳心, 역지사지易地思之 등이 필수 불가결하다. 함께 같은 곳을 바라본다는 것은 같은 물리적, 심리적 공간을 공유하며 정서적인 교감을 만들어나가는 과정이다.

정신치료에서는 공감을 매우 중요하게 여기는 반면, 동정에 대해서는 경계한다. 타인에게 도움을 베풀려는 동정의 속성상 정신과 의사가 환자를 동정하게 되면 정신치료에서 지켜야 하는 객관성이나 중립성이 훼손될 수 있기 때문이다.

정신치료에서 공감의 중요성은 여러 측면에서 제기된다. 먼저 환자-의사 간에 치료 동맹therapeutic alliance을 맺기 위해 공감은 필수적이다. 의사소통의 측면에서도 공감적 의사소통이 중요하다.

공감의 치료 역할에 대해서도 많은 학자들이 주목해왔다. 정신분석학자 하인즈 코헛은 치료자가 공감으로 치료적인 대인관계를 만들어나간다고 보았다. 간단히 말하면 환자는 치료자와 공감적 관계를 경험하면서 정서적으로 치유된다는 것이다. 나아가서 치료자의 공감은 환자의 정서적 성장을 도모하게 된다. 이 과정에서 치료자도 같이 성장할 수 있음은 물론이다.

정신치료에서 공감을 치료자의 참여 관찰자participant observer 역할로 설명하기도 한다. 앞서 말한 정서 조율이나 감정이입을 이해하기에 좋은 예시이기에 간단히 소개한다.

정신치료자는 진료실 의자에 가만히 앉아서 환자가 하는 말을 듣고만 있는 것 같이 보이지만 실은 매우 바쁘다. 치료 시간 중 참여자와 관찰자의 역할을 계속 오가기 때문이다.

참여자로서는 환자의 입장에 서서 환자와 함께 생각하고 느끼고, 관찰자로서는 치료자의 입장에서 환자에 대해 생각하고 진단한다. 정신치료자는 이 과정을 반복하는 것이다. 서로 살아온 사회문화적 배경과 경험, 가치관이 다르기 때문에 환자의 입장에 서서 환자를 이해하고 공감하기 위해서는 반드시 수행해야 하는 역할이자 과정이다.

정신치료자는 치료 시간 내내 환자의 언어와 비언어(행동이나 자세), 정서를 경험하고 관찰하며 이에 공명resonance하는 상태에 다다르려고 노력한다.

이는 비단 정신치료 현장에서만 일어나는 일은 아닐 것이다. 부부관계, 연인관계 등 서로 다른 사람이 만나서 건강한 인간관계를 맺어나가기 위해서는 서로에 대한 공감적 이해 과정, 즉 상대방의 입장과 경험에 대한 참여와 관찰이 필수적으로 수반되어야 할 것이다.

◎ 상대방의 아래에 서야 보이는, 공감

여기까지 읽다 보면 이런 의문이 들지 모르겠다. '그래. 인간관계에서 공감이 중요하고 필요한 건 알겠는데 공감 능력은 어떻게 하면 키울 수 있는 거지? 어디서부터 어떻게 시작해야 해?'

공감 능력을 하루아침에 키울 수 없는 건 분명하지만 적어도 시작을 어떻게 하면 좋을지 소개하려 한다. 가족치료의 선구자 중 한 명인 버지니아 사티어Virginia Satir는 이렇게 말했다.

"우리는 서로의 닮은 점 위에서 어울리고, 서로의 다른 점 위에서 성장한다(We get together on the basis of our similarities; we grow on the basis of our differences)."

바로 나와 남의 차이를 인정하는 것이 공감의 전제이자 출발점이라는 것이다. "너는 그렇게 생각할 수 있겠구나. 내 생각과는 다르네"에서부터 시작할 수 있어야 한다.

앞서 잠깐 말했듯이 나와 다르게 살아온 남이 어떻게 생각하고 느끼는지를 이해하기란 여간 어려운 일이 아니다. 상대방이 나와 비슷한 감정을 느끼고 사고를 할 것이라는 오해와 착각은 소통의 장애communicative noise를 불러일으킨다.

'이해하다understand'라는 말이 지닌 '상대방의 아래에 서다(under + stand)'라는 의미와 의사소통communication의 어원인 'communis'가 지닌 '공유'의 의미를 가슴에 새겨야 나와 다른 남을 존중하고 배려하며 공감하는 것이 가능해진다.

마치 라디오 주파수를 맞추는 것처럼 서로의 주파수를 맞추어나가는 과정이 공감의 핵심이다.

Self Check

1. 공감과 동정의 차이를 정리해보자.

2. 나의 공감을 가장 필요로 하는 사람은 누구인가? 내가 가장 공감 받고 싶은 사람은 또 누구인가?

타인을 '배려'하는 마음 사용 설명서

주2회 꼬박꼬박
보복 운전만 하지 않는다면

부정적 분노 ◑ 정의로운 분노

◎ 참을 '인'을 세 번 쓴 마음, 화

2020년 8월, 정부의 의료정책 재고를 요청하며 열린 의료계와 보건복지부의 간담회에서 복지부의 관계자는 "참을 인忍을 세 번 쓰고 나왔다"고 말했다.

기사를 보면서 생각했다. 이 사람은 무엇을 참은 것인가? 참을 인忍 자 셋이면 살인도 면한다고 했는데 남을 죽일만큼 화가 나는 일이 있었던 것인가? 이 사람이 자신의 친정인 의료계에 느낀 분노의 정체는 과연 무엇일까?

분노anger의 정의를 사전에서 찾아보면 '분개하여 몹시 성을 냄'으로 되어 있다. 잘 알다시피 분노하면 심장 박동수가 빨라지고 혈압이 올라가는 등의 신체 반응이 동반된다. 분노는 불합리하거나 부당한 상황에서 느끼는 자연스런 감정이다. 의료계와의 협의 없이 일방적으로 (실패할 것이 뻔해 보이는) 의료정책을 추진하는 정부에 대해 의사들이 가지는 감정은 바로 분노다. 일명 '정의로운 분노'라고 명명할 수 있는 상태로 이때의 분노는 긍정적인 기능을 지닌다.

공정하지 못하거나 합리적이지 않은 상황들을 바로잡기 위한 노력을 지속하려면 건강한 분노가 목표를 성취할 때까지 잘 유지되어야 한다.

분노는 사람을 전투태세로 만든다. 외부의 위협에 대해 맞서 싸우면서 자신을 지키기 위해서는 분노할 수 있어야 한다. 분노는 인류의 진화 과정에서 생존 본능으로 키워온 기본 감정이다. 분노는 사람에게 힘을 준다. '방탄소년단BTS'을 키운 방시혁은 2019년 2월 서울대학교 졸업식 축사에서 부조리와 몰상식에 맞서 싸운 분노의 힘이 자신을 키운 원동력이었다고 털어놓았다.

이렇듯 분노는 문제해결의 동력으로 행동에 동기를 부여하기도 하고, 자기계발의 원동력으로 기능하기도 한다.

하지만 분노에 좌절감이나 무력감이 동반되면 분노는 부정적인 감정으로 바뀌어간다. 이때의 분노는 '원하는 바를 이루기 위한 방향으로 가는 것을 방해받았을 때 일어나는 부정적 감정'이라고 정의할 수 있다. 복지부 관계자가 의료계에게 느꼈을 분노는 이 분노다. 그렇다고 좌절감이나 무력감을 크게 느꼈을 것 같지는 않지만 말이다.

분노, 좌절, 과민, 공격성은 서로 밀접하게 연결되어 있다. 자신이 하고자 하는 바가 막혔을 때에는 좌절감을 느끼게 되고 그로부터 분노가 유발된다. 과민 상태에서는 분노 폭발의 끓는 점이 낮아져서 공격성이 쉽게 표출될 수 있다. 이러한 순차적인 연쇄고리를 머릿속에 그려보면 이해가 쉬울 것이다. 복지부 관계자가 참을 인을 세 번 쓰고 나왔다고 말한 건 나름 자신의 공격성을 표출한 것이라고 볼 수 있다.

◎ 나, 분노조절장애일까?

분노를 조절하는 데 어려움을 겪는다고 스스로 느끼는 사람들이 많아져서인지 최근 자신이 '분노조절장애'가 아닌지 궁금해하며 진료실을 찾는 경우가 꽤 있다.

분노조절장애라는 말이 언론이나 저작물에서 자주 사용됨

에 따라 많은 사람들이 분노조절장애가 실제로 있는 진단명으로 알고 있다. 하지만 정신의학의 공식 진단 체계인 DSM이나 ICD(국제 질병 분류)에 분노조절장애는 들어 있지 않다.

굳이 〈DSM-5〉에서 비슷한 질환명을 찾아보자면 분노조절장애는 파괴적, 충동조절 및 품행장애disruptive, impulse-control, and conduct disorders 분류 내의 간헐적 폭발장애intermittent explosive disorder와 가장 가깝다. 이 질환에서는 공격적인 충동을 통제하지 못해서 보이는 반복적인 행동 폭발이 다음의 두 가지 중 하나의 특징을 지닌다.

(1) 언어적 공격성(예: 분노 발작, 장황한 비난, 논쟁이나 언어적 다툼) 또는 재산, 동물, 타인에게 가하는 신체적 공격성이 3개월 동안 평균적으로 1주일에 2회 이상 발생함. 신체적 공격성은 재산 피해나 재산 파괴를 초래하지 않으며 동물이나 다른 사람에게 상해를 입히지 않음.

(2) 재산 피해나 파괴, 또는 동물이나 다른 사람에게 상해를 입힐 수 있는 신체적 폭행을 포함하는 폭발적 행동을 12개월 이내에 3회 보임.

첫 번째 특징은 분노 폭발의 빈도는 잦지만 강도는 약한 경우

타인을 '배려'하는 마음 사용 설명서

이고, 두 번째 특징은 분노 폭발을 자주 보이지는 않지만 한번 보일 때 강도가 매우 센 경우다. 반복적인 행동 폭발은 미리 계획된 것이 아니고 충동적으로 저지르는 것이어야 한다. 행동 폭발의 지속 시간은 대개 30분 이하다(그 이상이라면 정말 대단한 에너지를 가진 사람이다).

생각해보면 나를 포함하여 누구나 분노를 폭발시킬 때가 있다. 운전 중에 다른 차가 신호 없이 끼어드는 것에 분노해 상향등을 켜고 쫓아가는 보복 운전이 대표적인 예다. 위의 예 중 첫 번째 특징에 해당하는 셈인데 그렇다고 매주 2회 이상 꼬박꼬박 보복 운전을 하는 사람은 별로 없을 것이다.

나라마다 다르지만 대략 인구 100명 중 2~3명에게 간헐적 폭발장애의 진단을 내릴 수 있다고 알려져 있으니 단순히 쉽게 화를 잘 낸다고 자신이 분노조절장애가 아닌지 걱정하지는 않아도 된다.

◎ 분노의 원인을 정확히 알아야

분노조절장애 여부를 떠나 분노 조절에 있어 중요한 명제는 분노를 건강하고 올바르게 표현할 줄 아는 것에 있다. 분노를 공격적이지 않은 수단으로 명확하게 표현하는 것이 분노를 표현하는 가장 건강한 방법이다. 그러기 위해서는 먼저 내가 무엇 때문에 분노했는지 알아야 한다. 앞서 말했듯이 분노에는 좌절, 슬픔, 절망, 무력감 등의 다양한 감정이 동반될 수 있기에 자칫 내가 무엇에 분노하는지를 깨닫지 못할 수도 있고, 동반되는 여러 감정에 휩싸여서 분노를 회피할 수도 있다.

분노의 원인을 깨달았다면 이를 적절하게 표현할 방법을 찾아야 한다. 내가 분노한 이유를 최대한 직접적으로, 정직하게 표현하는 것이 좋다. 이때 분노에 동반된 실망이나 좌절 같은 다른 감정들을 같이 말하는 것은 제대로 된 분노 전달에 도움이 되지 않는다. 분노를 표현할 때 겸허하고 공손한 태도를 유지하며 타협책이나 논의점을 같이 제시한다면 상대방은 분명 나의 분노를 경청할 것이다(물론 모든 사람에게 이 방법이 통하는 것은 아니다. 불행히도).

분노를 건강하게 표현하지 못하면 오히려 여러 폐해를 낳을 수 있다. 먼저 단순히 분노를 억제하는 경우부터 살펴보자. 감당하기 힘든 감정을 억제하고 부정, 회피하는 것은 사람이 일반적으로 많이 사용하는 방어 기제다. 이렇게 되면 분노에 동반되었던 다른 부정적인 감정들이 수면 위로 떠오르면서 분노의 본질을 흐리게 된다. 분노에 동반되는 신체 반응이 신체 증상으로 고착화되기도 한다. 억압된 분노가 쌓여 우울과 신체 증상으로 나타나는 대표적인 병이 한국인 특유의 질환으로 알려진 '화병火病'이다.

분노를 수동-공격적으로 표현하는 것도 건강하지 못한 분노의 대표적인 예다. 분노를 건설적으로 표현해보지 못한 사람들이 냉소, 침묵, 빈정댐, 꾸물거림 등과 같은 수동적이고 소극적인 방법으로 공격성을 표출한다. 이렇게 되면 자신과 상대방 모두 피곤해지기만 한다.

2020년 여름, 불공정하고 불합리한 의료정책을 바로잡으려는 의사들의 정당한 분노는 정부에게 받아들여지지 않았다. 역사는 어떻게 기억할지 모르겠지만 정신과 의사로서 한 가지는 확실하게 기록해두고 싶다. 의사들은 올바르고 건강하게 분노를 표현했다고.

Self Check

1. 나는 무엇에 분노하는가?

2. 내가 분노를 해결하는 방식은 올바른가? 혹시, 침묵이나 냉소, 빈정거림 등의 수동적인 방법을 택하고 있지는 않나?

히틀러에게 뒤통수 맞은 영국 총리

편집증 ◑ 합리적 의심

◎ 생존을 위한 본능, 의심

말콤 글래드웰의 최신 저서인 《타인의 해석Talking to Strangers》 (유경은 옮김, 김영사, 2020)에는 히틀러를 오판한 영국 총리 체임벌린의 이야기가 나온다. 최근 인기를 얻었던 넷플릭스 NETFLIX의 다큐시리즈 〈10대 사건으로 보는 제2차 세계대전 Greatest Events of WWII in Colour〉(2019)의 첫 편에도 체임벌린 총리가 등장한다. 나치 독일의 체코슬로바키아 침공을 눈감아준 뮌헨 협정에 서명하고 귀국한 그는 공항에서 환영객들에게 협정문을 흔들어 보이며 자랑스럽게 말했다.

"독일에서 명예로운 평화를 들고 돌아왔다. 이것이 우리 시대를 위한 평화라고 믿는다."

영국과 독일의 평화 협정도 별도로 체결했기에 체임벌린은 히틀러의 평화 의지에 대해 한치의 의심도 없었다. 하지만 그로부터 1년 후 독일은 폴란드를 침공했고 제2차 세계대전이 시작되었다. 한마디로 체임벌린은 히틀러에게 뒤통수를 얻어맞은 것이다.

전쟁을 막기 위해 독일을 3차례나 방문해 히틀러를 만났던 체임벌린이 히틀러를 오인한 이유는 무엇일까?《타인의 해석》에 나온, 체임벌린이 여동생에게 보낸 편지들에 그가 히틀러를 어떻게 바라보았는지가 드러나 있다. 신뢰, 약속, 믿을 수 있는 사람과 같은 표현이 등장한다. 그렇다고 체임벌린이 히틀러에 대한 경계와 의심을 완전히 풀고 있었던 것은 아니다. 히틀러를 만날 때마다 그의 일거수일투족을 상세하게 기록하며 어떤 사람인지 파악하려고 했다.

한편 히틀러를 만나보지 않았던 윈스턴 처칠은 처음부터 히틀러가 사기꾼임을 믿어 의심치 않았다. 어떻게 처칠처럼 타인을 만나보지도 않고 그를 신뢰할 수 있는지 없는지 판단할 수 있을까? 체임벌린처럼 타인을 만나본 사람이 더 올바르게 판단할 수 있지 않을까? 타인에 대한 정보가 많을수록 타인을 판단하는 데 도움이 될까? 말콤 글래드웰은《타인의 해석》에서 이처럼 낯선 사람에 대한 신뢰와 의심, 판단에 대한 화두를 던지고 있다.

나는 궁금해졌다. 체임벌린은 객관적이고 합리적으로 의심하지 못했던 것인가? 처칠의 의심은 합리적이었나, 아니면 편집증paranoia 수준이었나? 합리적인 의심과 편집증의 차이는 무엇인가?

타인에 대한 경계와 의심은 영유아 때부터 시작된다. 영유아가 생후 10~12개월부터 보이는 낯가림과 분리 불안은 생존을 위한 본능적 반응이다. 힘이 없는 어린 아이는 낯선 사람을 경계하며 함부로 믿거나 쫓아가지 않아야 하고, 부모의 품 안에서 보호받으며 부모로부터 떨어지지 않아야 살 확률이 높다. 살아가면서 함부로 남을 의심하거나 배척해서는 안 되겠지만 잘 모르는 사람을 처음부터 믿어버리는 것은 좋은 생존 전략이 아님은 분명하다.

◎ 지지와 반박, 함께 사고할 수 있어야

합리적인 의심과 편집증을 구별해보기 위해 편집성 성격

에 대해 먼저 알아보자. 〈DSM-5〉의 편집성 성격장애paranoid personality disorder 진단 기준 중 합리적 의심과 편집증을 이해하고 구분하는 데 도움이 될 만한 항목들만 나열해본다.

- 충분한 근거 없이, 다른 사람이 자신을 관찰하고 해를 끼치고 기만한다고 의심함
- 친구들이나 동료들의 충정이나 신뢰에 대해 근거 없는 의심에 사로잡힘
- 보통 악의 없는 말이나 사건에 대해 자신의 품위를 손상하거나 또는 위협적 의미가 있는 것으로 해석함

편집성 성격의 핵심은 '불신'과 '의심'이다. 타인의 동기를 악의적으로 해석하고 숨어 있을지도 모르는 나쁜 의도를 찾으려고 애쓴다. 충분한 근거 없이 남이 자신에게 해를 끼치고 자신을 착취한다고 믿는다.

이들은 타인의 칭찬도 곧이곧대로 받아들이지 못한다. '이렇게 칭찬해서 내가 일을 더 하게 만들고 나를 더 부려먹으려는 것이겠지'라고 생각한다. 타인의 별 의미 없는 말이나 행동에 대해 무슨 속셈이 있는 것은 아닌지, 나를 위협하려는 의도가 숨어 있는 것은 아닌지 의심한다. 자신에 대한 공격일 수도

있다고 민감하게 받아들이며 쉽게 방어적이 되거나 분노하고 반격하기도 한다.

편집증을 지닌 사람의 의심은 위에 쓴 편집성 성격장애의 항목처럼 근거와 이유가 없다는 공통점이 있다. 정치인들이 상대편을 공격할 때 잘 쓰는 '확증 편향에 사로잡힌 편집증 환자'라는 말처럼, 편집증 상태에서는 자신의 믿음이나 신념, 판단에 부합하는 정보에만 주목하고 그 외의 정보는 무시한다. 한마디로 자신이 믿고 싶은 것만 믿고 그 외에는 거짓으로 본다. 이렇게 편견이나 선입견에 사로잡히게 되면 이성적이고 합리적인 사고는 절대로 작동하지 못한다.

그렇다면 나의 의심이 합리적인 상태로 존재하면서 편집증으로 넘어가지 않게 하려면 어떻게 해야 할까?

무엇보다 먼저 사실fact에 근거해 세상을 바라보고 이해하는 태도와 관점을 견지할 수 있도록 노력해야 한다. 체임벌린의 편지를 읽어보면 그가 히틀러에 대해 단지 인상 비평을 하는 수준에 머물러 있었음을 알 수 있다. 오히려 히틀러를 만나보지 않은 여러 나라의 정치가들이 히틀러의 과거 행보, 즉 알려진 사실로부터 그가 믿을 만한 사람인지, 앞으로 어떤 행동을 보일 것인지 합리적으로 의심했다.

타인을 '배려'하는 마음 사용 설명서

믿고 싶은 것만 믿는 확증 편향confirmation bias에서 벗어나 합리적으로 의심하기 위해서는 나의 의심이나 믿음, 생각을 뒷받침하는 증거가 있는지 확인하고 찾아보아야 한다. 인지 행동 치료의 인지 재구성에서는 '지지 근거와 반박 근거의 목록'을 정리하면서 균형 잡힌 생각을 할 수 있도록 돕는데 이 방법을 실생활에서도 사용해볼 것을 추천한다. 예를 들면 다음과 같이 말이다.

의심이 드는 생각	친구가 놀러가자는 나의 제안을 거절함. '이제 더 이상 나와 친구 하고 싶지 않은가 보다. 내가 싫은 것 아닌가.'
지지 근거	이야기할 때 기분이 안 좋아 보였고, 내 말을 귀 기울여 듣지 않는 것 같았음.
반박 근거	친구는 지난주에도 나와 놀았고, 다음 주에는 같이 영화를 보기로 약속한 상태임. 친구는 곧 있을 시험을 걱정하고 있음.
균형잡힌 생각	지금 친구는 내가 싫은 게 아니라 시험공부 때문에 걱정하고 있을 것이다. 우리는 여전히 친구이고, 계속 친하게 지낼 것이다.

이렇게 하지 않으면 사람의 속성상 자신이 믿고 싶은 정보만 모으게 되기 마련이고, 그렇게 차곡차곡 쌓인 정보는 잘못된 믿음을 공고화시킬 뿐이다. 이는 편집증으로 빠지는 지름길이다.

《총, 균, 쇠》로 유명한 제레드 다이아몬드는 저서《나와 세계》(강주헌 옮김, 김영사, 2016)에서 전염병, 기후 변화, 자원 고갈 등 인류가 현재 직면하고 있는 다양한 문제들을 해결할 근본 대책으로 '건설적 편집증constructive paranoia'을 제안한 바 있다. 위험의 평가에서 모든 것이 잘못될 수 있다는 전제하에 최악의 상황을 예상하고 대비해야 한다는 뜻이다.

정신과 의사로서 편집증이 건설적일 수 있다는 것에는 회의적이고, 서로 어울리지 않는 두 개의 단어로 이름을 지어서 편집증의 단어 뜻에 대한 오해를 불러일으킬까 봐 걱정이 되기도 하지만, 세계적인 석학이 제안한 용어에 토를 달기에는 아직 나의 배움은 짧고 지식은 얕기만 하다. 다만 제레드 다이아몬드가 정신의학에서 정의하는 '편집증'의 의미로 단어를 사용하지는 않았을 것이라고 믿을 뿐이다.

Self Check
....

1. 나는 대부분 내 의심에 정당한 근거를 댈 수 있는가?

2. 주변에 확증편향에 사로잡힌 사람이나 합리적 의심을 하는 사람의 예로 들 수 있는 인물이 떠오르는가?

타인을 '배려'하는 마음 사용 설명서

좋은 인연을 만나고 싶다면

집착 ◑ 애착

◎ 잘못된 사랑이 부른, 공포

이제는 고전이 되어버린 1987년에 제작된 영화 〈위험한 정사 Fatal Attraction〉의 주인공 알렉스(글렌 클로즈Glenn Close 분)는 하룻밤을 같이 보낸 댄(마이클 더글러스Michael Douglas 분)을 자신의 완벽한 이상형으로 바라보고 상대방도 자신에게 완전히 빠졌다고 착각한다.

그러나 댄은 가족이 있었기에 알렉스를 더 만날 생각이 없었다. 알렉스는 댄에게 버림받았다고 생각하고 버림받지 않기 위해 온갖 행동을 보이기 시작한다. 자신의 집을 떠나려는 댄

앞에서 자신의 손목을 긋는 자해 행동을 보임으로써 댄이 자기 곁에 오래 머물게 하려고 한다. 댄이 계속 거리를 두려고 하자 알렉스의 매달림은 분노와 집착, 광기로 바뀌어간다. 댄의 자동차에 염산을 부어서 시동이 걸리지 않게 망가뜨리고, 댄의 딸이 아끼는 토끼를 죽여서 댄의 집 부엌 솥에 삶아놓는다. 댄의 딸을 납치해서 놀이 공원에 데려가기도 한다.

고등학생 때 이 영화를 보면서는 댄과의 관계를 제대로 시작조차 하지 않은 상태에서 혼자서 버림받았다고 여기고 스토커처럼 댄에게 집착하는 알렉스의 정신세계가 도무지 이해되지 않았다.

십수 년 후 정신의학을 전공하면서 이 영화가 '경계성 성격장애'의 교과서와 같은 영화임을 알게 되었다.

애착 관계에 근본적인 문제가 있기에 넓은 범주로는 애착장애attachment disorder로도 부를 수 있는 경계성 성격장애borderline personality disorder의 〈DSM-5〉 진단 기준에는 다음의 항목들이 포함되어 있다.

- 실제 혹은 상상 속에서 버림받지 않기 위해 미친 듯이 노력함
- 과대이상화와 과소평가의 극단 사이를 반복하는 것을 특징으

로 하는 불안정하고 격렬한 대인관계

- 정체성 장애: 자기 이미지 또는 자신에 대한 느낌에 현저하고 지속적인 불안정성
- 반복적 자살 행동, 제스처, 위협 혹은 자해 행동

경계성 성격의 핵심은 매우 불안정한 자아상과 대인관계다. 경계성 성격을 지닌 사람은 안정적이고 지속적인 대인관계를 맺지 못한다. 타인과의 관계에서 상호 신뢰와 믿음을 형성하지 못한다.

연애를 할 때에는 열정적인 사랑을 하는 동시에 정서적 불안정, 극심한 질투, 상대방에게 버림받을지도 모른다는 두려움 등을 경험한다. 물론 일반적으로 연인 관계에서는 누구나 질투의 감정을 느끼고 관계가 끝날까 봐 걱정하기도 한다. 하지만 경계성 성격을 지닌 사람의 연애 감정은 도를 넘어선 '집착'이라고 보아도 무방하다.

이들은 연애 상대에게 관심과 사랑을 끊임없이 확인한다. 자신이 설정한 이상화된 사랑과 돌봄, 보살핌의 기준을 상대방이 조금이라도 충족하지 못하면 그것을 헤어짐이나 거절, 버림받음의 신호로 과대 해석한다. 별것도 아닌 일에 '제발 날 떠나지 마'로 반응하기 때문에 상대방은 자신이 어떻게 말

하고 행동해야 하는지 도무지 감을 잡을 수 없게 된다.

　이렇게 경계성 성격장애 환자들은 인간관계에서 상대방을 옴짝달싹 못하게 만들어버린다. 이러한 연애 관계에 지친 나머지 상대가 관계를 끝내거나 떠나려고 하면 격렬하게 분노하고 비난하며 자해와 같은 자기 파괴 행동을 보이기도 한다. 〈위험한 정사〉에서 알렉스가 그랬던 것처럼 말이다.

◎ 애착의 실패, 집착

집착을 불러오는 불안정한 대인관계의 근원은 앞서도 잠깐 말했듯이 부모-자녀 관계로 대표되는 애착 관계의 실패에서 비롯된다. 애착 관계에는 '대상 항상성object constancy'과 '분리-개별화separation-individuation'라는 두 가지의 중요한 개념이 있다.

　먼저 대상 항상성은 애착의 대상 ― 주로 어머니 ― 이 눈에 보이지 않아도 존재하며 애착의 대상과 정서적으로 연결되어 있다고 느끼는 심리 상태를 말한다.

　우리는 어머니가 옆에 있지 않아도 어디선가 항상 우리를 생각하고 걱정하며 사랑한다는 것을 안다. 이런 습관이 형성

　타인을 '배려'하는 마음 사용 설명서

되었기에 살아가면서 힘들고 어려운 일이 있어도 나에게 위안이 되어주고 나를 지지하는 존재를 떠올리며 기운을 차릴 수 있는 것이다.

정신의학자인 마가렛 말러Margaret Mahler의 분리-개별화 이론에 따르면 영유아는 생후 24~36개월 사이에 대상 항상성을 형성한다. 대상 항상성이 건강하게 만들어진 사람은 마음속에 튼튼한 안전 기지를 갖추어 놓았기 때문에 정서적으로 안정되며 타인에 대해 신뢰와 믿음을 가지고 인간관계를 만들어나갈 수 있다.

경계성 성격장애 환자들이 대인관계에서 보이는 극단적인 이상화idealization와 평가절하devaluation의 반복은 대상 항상성 형성과 발달의 실패에서 비롯된다고 이해한다.

'분리-개별화'라는 말에는 개개인에게 고유한 개별성個別性의 형성과 부모로부터의 심리적-물리적 분리라는 두 가지의 중요한 발달 과업developmental task이 담겨 있다.

부모와의 안정적인 애착 관계는 분리-개별화가 제때에 원활하게 이루어지도록 돕는다. 분리-개별화가 이루어지는 동안 아이는 자신이 원하는 것과 부모가 원하는 것을 구별할 줄 알게 되고, 부모의 기대와 자신의 소망 사이에서 타협을 하며, 스스로의 말과 행동, 감정에 대해 조절하고 책임지는 법을 배

운다. 이렇게 분리-개별화는 개별성과 정체성 형성의 근간이
된다.

애착 관계의 실패로 대상 항상성과 분리-개별화를 제대로
확립하지 못한 사람은 정체성이 불안정하고 취약할 수밖에
없다. 이런 사람들은 나와 남의 심리적, 물리적 경계를 구분
짓지 못한다.

경계성 성격장애 환자를 만난 사람은 댄이 알렉스에게 가
졌던 감정처럼 '안 지 얼마 안 된 사람이 부담스럽게 (넘어서
면 안 되는) 선을 계속 넘어오네'라고 금방 느끼게 된다.

영화에서 알렉스는 저래도 되나 싶을 정도로 선을 넘어 댄
의 가정과 직장을 침범하고 잠식한다. 불행히도 일반 사람들
은 경계성 성격을 지닌 사람의 집착 아래에 깔린 복잡한 심리
상태를 이해하지 못한다. 그래서 댄처럼 속수무책으로 당하
게 된다. 정신과 의사라 하더라도 경험이 적으면 당하는 건 마
찬가지다.

자해 행동에는 여러 의미가 있을 수 있는데, 경계성 성격장애
환자의 자해는 경계나 존재의 확인이라는 심리적 의미를 지
닌다는 점에서 특별하다. 자해, 즉 몸 베기는 경계선boundary
을 긋는 작업이다. 경계성 성격을 지닌 사람은 정체성의 혼란

과 장애를 경험하고 있기에 자신과 타인을 심리적-물리적으로 구분하고 분리하는 데 어려움을 느낀다. 그래서 자해라는 행위로 자신이 존재함을 확인하고 나와 남의 경계를 구분해보고자 몸부림친다.

엘프리데 엘리네크의 소설 《피아노 치는 여자》(이병애 옮김, 문학동네, 2009, 미카엘 하네케 감독이 〈피아니스트〉로 영화화했다)에는 경계성 성격장애 환자의 자해 심리가 세밀하게 묘사되어 있다.

주인공 에리카는 자해로 피부가 둘로 갈라지는 변화를 지켜보며 '두 쪽으로 잘린 신체 부위는 놀란 듯 서로를 노려보고 있다'라고 인지한다. 그 다음 구절에 구체적인 심리가 드러난다. '오랜 세월 동안 희로애락을 같이 해왔는데 이제 서로를 떼어놓다니.' 경계성 성격을 지닌 사람은 내 몸 위에서 나와 남을 구분해보려고 자해를 한다.

애착과 집착에 관한 이번 글은 다음의 한 문장으로 요약할 수 있다.

'애착의 실패가 집착을 낳는다.'

지금까지 읽은 내용에 수긍한다면 이렇게 단순한 문장 안에 정신분석과 심리발달 이론의 온갖 개념들이 녹아들어가 있음을 이해할 수 있을 것이다. 이번 글이 난해해서 곱씹어 읽고 싶지도 않고, 애착과 집착의 관계에 대해 더 이상 따져보고 싶지 않을 수도 있겠다. 그래도 상관없다. 하지만 인생에서 좋은 연인을 만나고 싶은 마음이 있다면 다음만은 기억하고 실천하기 바란다.

경계성 성격을 지닌 사람과는 가급적 인연을 시작하지 않는 것이 좋다. 그런 사람인지 어떻게 아냐고? 정답은 없다. 자신의 촉을 믿어야 할 뿐이다. "어떻게 여태까지 우리가 만나지 못했을까요?"라며 몇 번 만나지 않은 사람이 나를 극단적으로 이상화하면서 ― 우리가 천생연분이라며 ― 나의 모든 것을 함께하고 싶어 한다면 재빨리 연락을 두절하고 잠수를 타기 바란다. 그 사람이 나를 포기할 때까지 오래오래.

시간이 많이 걸리겠지만 이것밖에는 방법이 없다. 마음이 약해져서 인연이 이어진다면 인생이 매우 피곤해질 것이다.

Self Check

1. 나의 어린 시절, 애착 관계를 어떻게 형성해왔는지 반추해보자.

2. 사랑이라고 생각했는데 집착이 되어버린 경험이 있는가?

나눌수록 커지는 것, 작아지는 것

쾌락 ◑ 행복

◎ 게임과 자해의 공통점, 중독

"게임을 하면 행복하니?"

뜬금없는 내 질문에 아이는 고개를 들어 나를 멀뚱멀뚱 쳐다본다. '뭐 이런 의사가 다 있지' 하는 표정이다. 살아오면서 이런 질문은 아마 처음 받아봤을 것이다. 하지만 소아정신과 의사는 아이들이 빠져 있는 것들이 아이들을 행복하게 하는지가 항상 궁금하다. 열 중 아홉은 행복과는 거리가 먼 대답을 한다.

"처음에는 재미있는데 하면 할수록 재미가 없어져요."

"어떨 땐 게임을 왜 하고 있는지 모르겠어요. 그냥 할 게 없어서 할 때가 많아요."

진료실에서 게임에 빠진 아이들을 많이 만난다. 2018년에 세계보건기구WHO는 국제 질병 분류ICD의 최신판인 〈ICD-11〉에 게임장애gaming disorder를 포함시켰다. 게임장애는 도박 장애와 함께 '중독 행동에 따른 장애' 범주에 포함되었다. 게임 중독과 같은 행위 중독이 알코올 중독과 같은 물질 중독과 같은지에 대해서는 아직까지 논란이 많다.

중독으로 정의하기 위해서는 내성tolerance과 금단withdrawal 증상이 있어야 하는데 행위 중독에서는 이것이 분명하지 않다. 또한 주의력결핍과잉행동장애attention deficit hyperactivity disorder, ADHD나 우울증과 같은 정신질환이 동반된 경우가 많기 때문에 게임 중독을 독립적인 질환으로 볼 수 있겠느냐는 논쟁도 있다.

최근에는 자해에 빠진 아이들도 많이 만난다. 자해의 쾌락을 잊지 못하고 자해를 앞둔 긴장감과 흥분으로 가슴이 두근두근 거리는 아이들이 있다. 이들은 이렇게 말한다.

"하고 싶은 게 자해밖에 없어요."

그럼 나는 물어본다.

"자해처럼 너를 기쁘게 해주는 다른 건 없니?"

"없어요. 다른 건 하나도 생각 안 나요. 온종일 어떻게 하면 더 근사하게 자해를 할까만 생각해요. 날카롭고 뾰족한 도구를 생각하는 것만으로도 마음이 설레요."

몸을 베면 아플 것만 같은데 이들에게는 자해가 고통이 아닌 쾌락을 주는 자극인 셈이다. 나는 이들에게 '자해 중독'이라고 종종 말해주는데 불행히도 머지않아 정신의학의 공식 용어로 자리 잡을 것이라는 예감이 든다. 이들 역시 자해하면서 행복하다고 하지는 않는다.

뇌의 보상 회로는 '쾌락 중추'로 불리며 마약이나 알코올, 게임과 같이 쾌락을 주는 자극이 주어질 때 신경전달물질인 도파민dopamine의 분비를 담당한다.

쾌락 추구는 인간의 본능이다. 사람은 누구나 기쁨과 즐거움을 찾아 나서고 고통을 피하려고 한다. 가끔은 자해처럼 고통스러워 보이는 것도 쾌락으로 받아들이지만 말이다.

그렇다면 행복 추구도 인간의 본능인가? 그렇다고 할 수도 있겠으나 본능이라는 단어는 왠지 행복보다는 쾌락과 어울려 보인다. 다른 예로 '인생의 목표는 행복'이라는 말은 들어봤으나 쾌락이 인생의 목표란 말은 들어보지 못했다(에피쿠로스 학파는 논외로 친다). 그렇다면 쾌락과 행복의 차이는 무엇인가? 이 둘을 어떻게 구분할 수 있을까?

◎ 행복과 쾌락의 차이, 베풂

행복happiness의 정의를 사전에 찾아보면 '생활에서 충분한 만족과 기쁨을 느끼어 흐뭇함, 또는 그러한 상태'로 나와 있다. 쾌락pleasure의 사전적 정의는 '감성의 만족, 욕망의 충족에서 오는 유쾌하고 즐거운 감정'이다. 만족, 기쁨, 즐거움 같은 단어들이 쾌락과 행복에 공통된다.

쾌락과 행복의 차이는, 도파민 보상 회로의 특징으로 설명해 볼 수 있다. 쾌락은 즉각적인 만족과 보상을 제공하는 것으로 보상 회로의 특성상 만족을 모르고 점점 더 자극적인 것을 추구하게 된다. 따라서 중독으로 이어질 수 있다. 쾌락의 만족감이 행복과 다르게 일시적인 것에 그치는 이유도 여기에 있다. 이렇듯 쾌락의 즉각성과 일시성은 중독과 깊은 연관이 있다.

반면 행복의 지속성에는 중독이라는 단어가 어울리지 않는다. '행복 중독'이라는 말이 없는 건 아니지만 이에 관한 글이나 책을 읽어보면 적어도 내가 여기서 말하는 행복은 아님이 확실하다. '내성'이 아니라 '충족'을 느끼는 상태가 행복이다.

타인을 '배려'하는 마음 사용 설명서

다음의 특징은 쾌락과 행복을 확연하게 구분한다.

"행복은 나눌수록 커지잖아요."

영화 〈기생충〉의 포스터에 박혀 있던 문구다. 맞는 말이다. 행복은 나눌수록 커진다. 쾌락에 대해서는 비슷한 말을 들어보지 못했고 아마도 쾌락은 나눌수록 작아질 것이다. 이렇듯 쾌락은 혼자서 누리고 만족하고 사라지는 것임에 비해 행복은 타인과의 관계 속에서 나눔과 베풂의 가치를 이해하고 실천함으로써 얻어진다.

자신만을 위한 쾌락을 자제하고 타인에게 많이 베푸는 사람이 더 행복해진다는 단순한 진리, 이를 모르는 어른들이 많은데 하물며 아이들은 오죽할까? 어른이나 아이 할 것 없이 더 많이 가지고 누리려는 물질만능주의 사회에서 소유와 쾌락이 여러 형태의 중독으로 비뚤어지는 것을 목격하며 아이와 부모의 정신건강을 돌보는 소아정신과 의사로서 마음이 무거워질 때가 한두 번이 아니다.

이제는 너무나도 유명해져서 사람들에게 널리 알려진, 미국 하버드대학교의 정신과 교수인 조지 베일런트George Vaillant의 '그랜트 연구The Grant Study'는 '무엇이 우리를 행복하게 만드는가?'라는 연구 주제를 75년 동안 탐구해온 프로젝트다. 그의 연구 결과물을 집대성한 책 중 대표적인 것으로는 《행복의 조건Aging Well》과 《행복의 비밀Triumphs of Experience》이 있다.

조지 베일런트는 〈아틀란틱The Atlantic〉과의 인터뷰에서 이렇게 단언했다.

"75년과 2000만 불을 쏟은 그랜트 연구의 결론은 다음의 다섯 단어로 명쾌하게 정리된다: 행복은 사랑이다. 이상 끝 (Happiness is love. Full stop)."[5),6)]

좋은 인간관계에서 서로 주고받는 사랑과 베풂이 행복의 유일무이한 조건이자 비밀임을 인정한 것이다. 이처럼 좋은 인간관계는 사람을 행복하고 건강하게 만든다.

세계보건기구가 정의하는 건강은 신체적, 정신적, 사회적으로 좋은, 완전한 상태를 의미하며 단지 질병이나 병약함이 없는 상태만을 의미하지 않는다. 개인의 신체와 정신의 건강에 더해 행복한 인간관계로 대표되는 사회적 건강의 중요성을 강조하는 정의다.

어떻게 하면 행복해질 수 있을까? 소아정신과 의사의 입장에서 말하자면 먼저 부모와 어른부터 변화하려고 노력해야 한다. 좋은 부모-자녀 관계를 아이에게 물려줌으로써 좋은 인간관계의 바탕을 만들어주고, 부모가 나눔과 베풂을 몸소 보여줌으로써 아이가 여기서 오는 행복을 깨달을 수 있도록

타인을 '배려'하는 마음 사용 설명서

기르는 것이, '아이를 키우기 위해 필요한 온 마을'의 구성원인 어른들이 지키고 실천해야 할 가치다.

타인이 기뻐하는 것을 볼 때 가장 행복해질 수 있음을 아이들이 깨닫게 된다면 더 이상 소아정신과 의사는 필요 없어질 것이다.

Self Check

1. 나에게 행복이란 무엇인가 생각해보자.

2. 평소 습관 중, 나도 모르게 중독되어 있는 것은 없는가?

코로나 시대의 우리들

증오 ◑ 혐오

◎ 사랑과 미움, 동전의 양면

〈미운 우리 새끼〉라는 TV 프로그램을 재미있게 본다. 엄마들이 혼자 사는 아들들의 일상을 관찰하는 예능 프로그램으로, 다 컸지만 아직도 철부지 같은 자식의 안위를 걱정하는 훈훈한 모성애를 느낄 수 있어서 좋아한다. 프로그램 제목은 '미운 오리 새끼'라는 안데르센의 동화에서 따왔을 것이다. 여기서 '미운'이 말 그대로 '미움'의 뜻으로 쓰이지 않았음은 삼척동자도 아는 사실이다.

'예쁜'이나 '사랑하는'의 정서가 담긴 미움. 이렇듯 사랑과 미움은 서로 반대말임에도 붙어 다니는 경우가 많다. 음악에서 찾아보면 가깝게는 배우 샤이아 라보프Shia LaBeouf가 뮤직비디오에 출연해 화제가 된 '나를 미워하는 것처럼 사랑해줘(Love me like you hate me)'라는 노래가 있고, 몇 년 전 인기를 끌었던 미국의 싱어송라이터이자 프로듀서인 내쉬Gnash의 '나는 너를 미워해, 나는 너를 사랑해(I hate U, I love U)'라는 곡도 있었다. 아래의 가사처럼 사랑과 미움이 서로 떨어뜨리기 어려운 감정일 때가 있음은 분명하다.

"I hate you / I love you / I hate that I love you"

(나는 너를 미워해. 나는 너를 사랑해. 내가 너를 사랑한다는 게 미워)

2008년에 〈플로스 원PLoS One〉 저널에 실린 영국 런던대학의 연구[7]에서는 17명의 건강한 남녀에게 미워하는 사람의 사진을 보여주면서 기능적 자기공명영상functional MRI, fMRI으로 뇌의 활성도를 측정했다. 흥미롭게도 저자들의 2004년 연구[8]에서 사랑하는 사람의 사진을 보여주었을 때 활성화된 피각putamen과 섬엽insula이 마찬가지로 활성화되는 것을 관찰했다. 피각은 경멸이나 혐오의 지각과 관련이 있고, 섬엽은 불쾌나 혐오, 고통에 반응하는 뇌 영역으로 알려져 있다. 사랑하는 사람의 얼굴이나 사진을 보면서 마음 아파했던 기억이 있는 사람이라면 사랑이라는 감정이 미움이나 고통, 애달픔과 등가의 감정으로 여겨질 수 있음에 동의할 수 있을 것이다.

그럴 수밖에 없는 것이, 부모-아이 관계의 출발점부터 아이는 사랑과 미움을 동전의 양면처럼 경험한다. 아이는 자신을 항상 만족시켜 주는 사람인 줄 알았던 엄마가 때로는 자신을 좌절시키기도 한다는 것을 알게 되면서 만족을 주는 좋은 어머니good mother와 좌절을 주는 나쁜 어머니bad mother의 분리된 어머니상을 가지게 된다.

그러다가 엄마가 때로는 나를 혼내고 내가 원하는 것을 들어주지 않기도 하지만 근본적으로는 나를 사랑하고 돌보며 나에게 만족과 행복을 주려는 존재임을 깨닫게 되면서 어머니의 상은 하나로 통합된다. 바로 대상 항상성이 형성되는 순간이다.

인간관계의 근원이 '애증愛憎'으로 시작된다는 자체부터가 흥미롭고 의미심장하다.

◎ 혐오가 범죄가 되는 이유

미움을 사전에서 찾아보면 '미워하는 일이나 미워하는 마음'으로 나와 있다. 증오의 사전적 정의는 '아주 사무치게 미워함'이다. 미움에 해당하는 영어 'hate'를 사전에서 찾아보면 미움이나 증오로 번역된다. 증오가 미움보다 강한 감정처럼 느껴지긴 하지만 이 글에서는 미움과 증오를 같은 의미로 쓰려고 한다.

남을 미워하거나 증오해본 사람이라면 잘 알겠지만, 미움이나 증오에는 분노나 적대감이 동반될 때가 많다. 따라서 보복이나 복수, 응징의 마음이 함께 작동하게 된다.

혐오hatred의 사전적 정의는 '싫어하고 미워함'이다. 다른 정의를 찾아보면 '어떠한 것을 증오, 불결함 등의 이유로 싫어하거나 기피하는 감정으로, 불쾌, 기피함, 싫어함 등의 감정이 복합적으로 이루어진 감정'이라고 나와 있다.

증오와 혐오 모두 미워한다는 뜻을 공유하는데 그렇다면 둘은 어떻게 다를까? 언론이나 저작물에서는 증오와 혐오가 혼용됨을 흔히 볼 수 있다.

먼저 혐오에 대해서 조금 더 자세히 알아보자. 사전적 정의에도 나와 있듯이 혐오에는 혐오하는 대상과 가까이 하고 싶지 않다는 배제排除의 감정이 들어 있다. 혐오를 영어로는 'hatred'라고 주로 쓰지만 역겹다는 의미의 'disgust'나 'aversion' 역시 혐오로 번역된다.

인류는 진화하면서 몸에 해로운 것을 자동반사적으로 기피하도록 학습되어 왔다. 아프지 않거나 병에 걸리지 않기 위한 생존 반응인 셈인데 이를 전문 용어로는 '혐오 학습aversion learning'이라고 한다.

대표적인 것이 미각에 대한 혐오 학습이다. 상한 음식을 먹고 토해본 적이 있다면, 그 후에 상하지 않은 같은 음식을 보는 것만으로도 구역감을 느낀 기억까지 아마도 같이 있을 것이다. 몸에 문제가 없을 것임이 확인되더라도 왠지 그 음식에는 손이 가지 않는다. 영영 먹지 못하는 사람도 있다.

소수 인종이나 소수 민족, 성 소수자에 대한 혐오도 인류의 진화 과정에서 낯선 사람이나 이방인을 경계하고 배척해오던 적응 반응에서 기원한다고 이해된다. 내가 모르는, 나에게 해로운 영향을 줄 수도 있는 타인은 우선 기피하고 배제하는 것이 안전하기 때문이다.

이렇듯 혐오는 긍정적인 의미로는 어쩔 수 없는 인간의 생존 반응과 관련이 있지만 요즘 들어 점점 더 논란이 되고 있는

타인을 '배려'하는 마음 사용 설명서

부정적인 이면에는 타자에 대한 편견이나 선입관과 깊은 연관이 있다.

혐오 범죄를 사전에서 찾아보면 '특정 인종이나 성 정체성 따위에 대한 편견과 증오 때문에 일어나는 범죄'라고 나와 있다. 지금까지 말한 미움과 증오, 혐오의 정의에 따른다면 혐오 범죄란 말에서는 혐오의 뜻이 오해될 소지가 있다. 혐오의 근원이 편견인 것은 맞지만 범죄 행위로 나타나려면 위의 정의에도 일부 언급된 것처럼 증오와 분노가 합쳐져야 한다.

혐오 범죄를 영어로는 일반적으로 'hate crime'이라고 부르는데 영단어의 뜻을 따른다면 증오 범죄라고 쓰는 것이 맞다. 혐오에 얽힌 두려움의 심리가 소수자나 약자인 특정 집단에 투사projection되면서 위험과 해로움을 과도하게 증폭시키고, 이에 따라 혐오는 분노와 증오로 발전하며 급기야는 마녀 사냥으로까지 이어지게 되는 것이다.

미국 시카고대학의 교수이자 법철학자인 마사 누스바움 Martha Nussbaum은 이러한 현상을 '투사적 혐오'라고 불렀다.

◎ 분노와 증오, 혐오에 올라타지 않도록

지금까지 설명에 더해 이 글의 처음에서 말한 미움과 사랑의 관계를 이해하면 증오와 혐오를 구분하는 것이 더 쉬워진다. 누구를 증오한다면 증오의 대상에 대한 관심과 주목이 동반되어야 한다. 이처럼 사랑이나 증오의 에너지는 향하는 지향점이 분명히 있다. "난 그 사람 모르는데, 그냥 미워"라고 말한다면 여기서의 미움은 증오가 아니고 혐오다. 앞서 말했듯이 혐오는 경계와 기피, 배제의 감정이기 때문에 혐오의 대상에 대해서는 관심을 두지 않는 것이 일반적이다.

쉬운 예로 영화 〈기생충〉의 박사장(이선균 분)이 기택(송강호 분)에게 보였던 감정은 혐오다. 다음의 영화 대사에서도 알 수 있듯이, 기택이 선을 넘어오는지 넘어오지 않는지에만 신경을 쓰고 있을 뿐 기택이라는 사람에게는 관심이 없는 것이다.

"선을 넘을 듯 말 듯하면서 절대 넘지 않아. 근데 냄새가 선을 넘지."

여기까지 써놓고 돌아보니 미움과 증오, 혐오를 그렇게 구별해보려고 애쓸 필요가 있었을까 하는 회의감이 든다. 다른 글과 달리 증오와 혐오라는 두 가지 감정에서 긍정적인 메시지를 찾지 못했기 때문일 것이다. 코로나 시대를 거치면서 집단적으로 작동하는 차별과 배타, 혐오와 증오가 더 서글프기 때문일 수도 있다.

누구를 사랑하거나 미워하고 증오하는 것은 정상적인 감정이다. 인류의 진화 과정에서 형성된 원초적 혐오 역시 정상적으로 이해할 수 있는 감정이다. 다만 타자에 대한 혐오가 특정 집단에 투사의 기전으로 사용돼 분노와 증오로 돌변하는 것은 우리가 경계하고 예방해야 한다.

이 세상에 태어나서 동시대를 같이 살아가는 사람들이 서로에게 보여주어야 하는 공감과 배려, 존중은 우리가 기필코 지켜나가야 할 가치다.

Self Check

1. 주변에서 보게 되는 혐오의 예가 있는가?

2. 나에게 지향점이 불분명한 혐오의 대상이 있는가?

"제가 알아서 할게요"

간섭 ◑ 관심

◎ 부모 자식 간에도 지켜야 할 선은 있는 법

엄마가 없는 자리에서 말하고 싶다는 아이의 요청을 받아들여 나는 아이 엄마를 진료실 밖에 나가 있게 했다. 아이는 울먹이며 입을 열기 시작했다. 흐르는 눈물을 연신 훔쳐대며 말을 이어갔다. 엄마와 같이 있을 때에는 고개를 푹 숙인 채 한마디도 하지 않던 아이였다.

"엄마 때문에 미치겠어요. 제가 방문을 닫고 있는 꼴을 못봐요. 문을 걸어 잠그고 있는 것도 아닌데 말이에요. 저도 사생활이 있잖아요. 혼자 있고 싶을 때도 있고요. 그럴 땐 그냥 가만 놔두면 되는데 뭐가 그렇게 궁금한지 꼬치꼬치 캐물어요. 저도 말하고 싶지 않을 때가 있고, 정말 말할 게 없을 때도 있는데 엄마는 그걸 이해하지 못해요. 근데 제가 진짜 화가 난 이유가 뭔지 아세요? 엄마가 제 방에 저도 모르게 CCTV를 설치하고 저를 감시하고 있었던 거예요. 그걸 들켰는데 미안하다는 말 한마디도 하지 않아요."

엄마는 아이에 대한 관심과 애정 때문에 그랬다고, 부모로서 아이에 대해 세세하게 잘 알고 있어야 하지 않겠느냐고 말했다. 자신의 관심이 지나치다는 것을 깨닫지 못하는 듯했다. 이처럼 부모-자녀 관계에서 지켜야 할 선이나 경계에 대해 깊이 생각해보지 않는 부모들을 자주 만난다.

관심interest을 사전에 찾아보면 '어떤 것에 마음이 끌려 주의를 기울임, 또는 그런 마음이나 주의'라고 나와 있다. 마음이 끌린다는 감정의 이면에는 궁금함이나 호기심, 호감 등이 자리 잡고 있을 것이다. 내가 마주하는 사람이나 사물, 세상에 대해 관심이 있어야 관심의 대상에 대해 더 알아나가게 될 것임은 분명하다.

간섭은 '직접 관계가 없는 남의 일에 부당하게 참견한다'는 뜻이다. 관심과 다르게 간섭은 감정이 아니지만 관심과 간섭의 차이를 잘 알지 못하는 사람이 많고, 관심이 순간 간섭으로 넘어가는 것을 수없이 목격해왔기에 이 두 가지에 대해서도 다루어보려고 한다.

◎ 우리는 남이고, 가족은 회사 밖에 존재함을

우리 집 작은 아이는 언제나 "제가 알아서 할게요"라고 대답한다. 그 대답을 들으면 '아, 여기서 더 말하면 안 되겠구나'라고 깨닫게 된다. 나의 권유나 조언을 간섭으로 받아들이고 제 딴에는 선을 긋는 신호인 것이다. 아이가 자기 일을 제대로 할지 걱정되고 불안해지지만 이를 참지 못하고 몇 마디를 더 하면 사이가 안 좋아질 것이기에 "그래 알았다"로 대화를 끝낸다.

　정신과의 의무기록에는 가족력이나 가족 평가가 포함되는데 가족 간의 관계는 가계도로 주로 표현한다. 특히 소아정신과 의사는 부모 없이 아이를 치료하지 못하고, 가족치료도 많이 하기 때문에 가족 관계와 가족 역동family dynamic의 평가에 공을 들인다. 가계도에서는 가족 구성원 간에 긋는 선의 형태가 중요하다. 전문용어로는 경계선boundary이라고 한다.

타인을 '배려'하는 마음 사용 설명서

최근 재미있게 읽은 정세랑 작가의 책《시선으로부터》(문학동네, 2020)는 맨 첫 장부터 가계도를 보여준다. 소설의 등장인물들이 전부 파악될 때까지 가계도 페이지에 손가락 하나를 끼워놓고 본문과 가계도를 오가며 독서하는 경험을 했다. 책을 읽은 후에는 직업적인 습관대로 이들 가족 간의 경계선을 구체적으로 그려보았다. 이렇듯 정신과 의사라면 참새가 방앗간을 그냥 지나치지 못하는 것처럼 어디에 나오는 가계도이든 유심히 살피는 버릇이 있다.

구조적 가족치료structural family therapy에서 비롯된 경계선의 개념 중 대표적인 범주는 경직된rigid 경계선, 명확한clear 경계선, 그리고 밀착된enmeshed 경계선이다. 여기서 가장 문제가 되는 건 짐작하다시피 밀착된 경계선이다. 밀착된 가족 관계에서는 개인의 자율성과 독립성이 허용되지 않으면서 시시때때로 침해받기 일쑤다. 한마디로 서로 얽혀서 헤어 나올 수 없는 관계가 된다.

반면 명확한 경계선을 지닌 가족의 구성원은 개인의 가치와 집단의 가치를 동시에 지니고 추구할 수 있다. 다시 말하면 개체성individuality을 유지하는 동시에 가족에 대한 소속감도 잃지 않는다는 뜻이다.

경계선의 개념은 가족 관계에만 적용되는 것이 아니다. 친구, 연인, 동료, 선후배 등 내가 만나는 모든 사람들과의 관계에서 밀착된 경계선이 만들어지는 것을 피하고 경계해야 한다.

한 예로 친구 사이나 조직 내에서 주고받는 '우리가 남이가'라는 말이 정겹다고 좋아하는 사람도 있겠지만 나는 이 말을 밀착된 관계와 집단주의를 상징하는 대표적인 것으로 받아들이고 경계한다.

마찬가지로 이전에는 아무 생각 없이 흘려들었던 '가족 같은 회사'라는 말도 점점 멀리하게 되었다. 우리는 남이고, 가족은 회사가 아닌 집에 있다.

경계선을 명확하게 만들어나가기 위해서는 구체적으로 어떻게 해야 할까? 모든 것은 마음에서 시작된다. 개개인의 개별성과 독립성을 존중하는 마음가짐을 지니고 이를 잊지 않는다면 사람 간의 심리적 경계를 명료하고 유연하게 설정해나갈 수 있다. 이런 마음가짐 아래서는 타인에 대한 관심과 호의가 간섭과 오지랖으로 발전하는 것을 예방할 수 있다.

그런데 이렇게 말로 하면 쉬운데 실전에 들어가면 어려운 이유는, 부모-자녀 관계뿐 아니라 선후배나 동료와의 관계 등 무수한 관계의 조합 가운데, 사람마다 자기 자신이 놓인 위치에서 바라보는 관심과 간섭의 경계가 다르기 때문이다.

결국 사람과의 관계는 시행착오를 겪으면서 설정해나갈 수밖에 없다. 명확한 경계선을 만들어나가겠다는 기본적인 마음가짐 아래 상대방이 어디까지를 관심으로 받아들이고 그 이상은 간섭으로 여기는지는 경험을 해 보아야 알 수 있게 될 것이다.

관심을 간섭으로 받아들이지 않게 말하는 좋은 방법 중 하나는 선택지를 주는 것이다. 대부분의 간섭은 선택지가 없는 종용일 경우가 많다. 이럴 경우 듣는 사람은 아무리 그 말이 맞다치더라도 반감을 가지게 되기 마련이다. 관심 있는 사람의 자기 결정권과 선택권을 존중하고 지켜준다면, 그 사람은 나의 관심을 관심 그대로 오롯이 받아들이면서 고마워할 것이다.

부모로서 아이를 키움에 있어서도 아이의 선택권을 존중해 주는 것이 자율적인 아이로 자라게 하는 데 가장 도움이 되는 방식으로 알려져 있음은 물론이다.

◎ 따듯한 관심, 건강한 경계선

우리나라를 비롯한 동북아시아 국가들의 집단주의 문화는 관심과 간섭의 경계 설정에도 영향을 미친다. 집단주의 사회에서는 타인의 시선과 평판에 신경을 많이 쓰기 때문에 타인의 간섭을 그냥 지나치지 못하게 되는 경우가 많다. 간섭하는 사람이 자신의 생각과 견해를 상대방이 신경 쓰고 받아들이는 것 같다고 깨닫는 순간, 간섭은 더 심해지고 급기야는 오지랖으로 진화하고 만다.

이런 면에서 볼 때, 간섭 받는 사람의 입장에서는 누가 뭐라고 한들 신경 쓰지 않고 반응하지 않는다면 불편한 간섭은 줄어들 것이다. 이렇게 하기가 처음에는 쉽지 않겠지만 말이다. 특히 우리 사회에서는 불행히도 윗사람의 간섭에 이렇게 반응하기란 녹록치 않다.

개성화individuation와 사회화socialization 사이에서 개인의 의견보다 사회의 견해에 더 신경 쓰던 한국인의 특성이 밀레니얼 세대부터는 개성화에 더 무게를 두고 이동하고 있는 것으로 보여서 다행스럽다. 《90년생이 온다》는 책을 읽어봐도 그렇고, 내 아이들을 보아도 이들이 우리 세대처럼 관심과 간섭의 경계 사이에서 심각하게 고민할 것 같지는 않다.

이들 또한 인간관계의 새로운 화두를 맞이할 수 있겠지만 타인에 대한 배려와 존중에서 비롯되는 따듯한 관심과 건강

타인을 '배려'하는 마음 사용 설명서

한 경계선의 가치는 인류가 존재하는 한 영원히 계승될 것으로 믿는다.

Self Check

1. 가족에게 나의 감정은 관심인가, 간섭인가?

2. 자녀(혹은 배우자, 가까운 대상)와 설정해나가야 하는 관계에서 어떻게 경계를 지어야 하는지 생각해보자.

어느 편집자의 오래된 궁금증

이기주의 ◑ 개인주의

◎ 나'를' 우선하는지, 나'만' 생각하는지

어려서부터 걱정과 불안이 많았던 나는 타인의 시선에 지나치게 예민했다. 무엇을 하든 내가 제대로 하고 있는지에 대한 확신이 부족해서 부모를 비롯한 어른들의 확인을 받아야만 안심하고 만족할 수 있었다. 어린 시절을 돌아볼 때, 그리고 어른이 되어서도 한동안 정신과적 진단을 내리자면 범불안장애generalized anxiety disorder에 해당되었던 것이다.

불안장애의 일종인 범불안장애의 핵심 증상은 수많은 일상 활동에서 경험하는 지나친 불안과 걱정이지만, 다른 사람

타인을 '배려'하는 마음 사용 설명서

이 자신을 어떻게 생각하는지에 대한 걱정으로 타인의 시선을 지나치게 의식하는 것도 주요 증상 중 하나다. 타인에게 부정적으로 평가 받을까 봐 걱정하는 것은 사회불안장애social anxiety disorder에서도 마찬가지다. 이때는 사람들을 마주하는 사회적 상황이라는 단서가 붙지만 말이다.

이 글을 준비하면서 담당 편집자에게 혹시 이기주의와 개인주의에 대해 궁금한 점이 있는지 물어보자 다음과 같은 답이 돌아왔다.

"나는 혼자가 편하고 다른 사람에게 별로 신경 쓰지 않는데 그런 나를 보면서 나만 아는 이기주의라고 비난하면 '화르륵' 합니다. 나에게는 개인주의인데 너에게는 왜 이기주의인지!!!"

고맙게도 한탄 섞인 편집자의 궁금증이 이 글의 방향을 결정하게 되었다.

이기주의와 개인주의의 차이에 대해 말하려는 글에서 타인의 시선에 대한 이야기로 서두를 꺼낸 것은 이유가 있다. 개인주의나 이기주의의 정의에는 들어가 있지 않지만 이 둘, 특히 개인주의를 논하는 데 있어서는 타인의 시선과 평판에 대한 이야기를 빼놓을 수 없기 때문이다.

개인주의individualism를 사전에서 찾아보면 '개인의 존재와 가치가 국가와 사회 등의 집단보다 우선이라고 생각하고 더 중요시하는 사상과 태도'라고 나와 있다. 한편 이기주의egoism는 '자기 자신의 이익만을 꾀하고 사회 일반의 이익은 염두에 두지 않으려는 태도'라고 나와 있다. 이기주의의 영어에는 'ego(자아)'가 들어가지만 영어사전에서 '이기적'을 찾아보면 self-centered, selfish, egoistic 등으로 나와 있다. 이 중 selfish의 어감에서 알 수 있듯이 이기적이란 말이 주로 부정적인 의미로 쓰인다는 것에는 이견이 없을 것이다.

개인주의를 보다 잘 이해하기 위해서는 아무래도 집단주의와 비교해 설명하는 것이 필요하다. 집단주의collectivism는 '나'의 정체성보다 '우리'의 정체성을 더 중요시하는 태도로 집단주의 문화에서는 개인의 자유나 권리, 소망보다 집단의 권리나 의무, 가치가 우선시되기 마련이다.

우리나라의 집단주의 문화는 우리가 쓰는 말에서 명확하게 드러난다('우리나라'라는 말부터가 그렇다). 우리는 무의식적으로 우리 집, 우리 아들, 우리 대학이라고 말한다. 이렇게 말하면서도 의문을 가지거나 이상하다고 느껴본 적이 별로 없었다. 그만큼 집단주의 문화 안에서 생각하고 말하는 것에 익숙해 있기 때문이다.

개인주의를 추구할 수 있기 위해서는 집단주의의 가치로부터 독립해 온전히 자기 자신에게 의존self-reliance할 수 있어야 한다. 자신에 대한 신뢰와 믿음이 있어야 개인주의를 유지할 수 있음이 분명하다는 뜻이다.

이처럼 개인주의는 자기 가치감, 자율성, 독립성, 주도성, 자아 존중감, 자기 효능감, 자기 결정권 같은 단어들로 규정될 수 있다.

◎ 타인의 시선과 평판에서 자유로워져야

그렇다면 이기주의는 어떻게 탄생하는가? 소아정신과 의사의 관점에서 볼 때 부모의 육아 태도가 이기주의자를 만드는 데 지대한 영향을 미친다. 개인주의는 주도적으로 만들어나가는 가치인 데에 비해 이기주의는 많은 부분 길러지는 가치다.

발달심리학자 바움린드Baumlind가 제시하는 부모의 육아 태도는 아이의 기대에 부모가 반응하는 정도와 부모가 아이에게 기대하는 정도에 따라 권위적, 권위주의적, 허용적, 방임적의 4가지 육아 태도로 구분된다. 부모의 허용과 통제가 균형을 이루는 권위적인 태도가 전통적인 육아 태도 중에서는 가장 바람직한 것으로 알려져 있다. 이기적인 아이로 키우기 위해서는 예상하다시피 허용적인 육아 태도로 일관하면 된다.

지나치게 허용적인 육아에서 부모는 아이가 바라는 것을 즉각 만족시켜 줄 뿐, 통제가 필요할 때 적절하게 통제하지 않는다. 부모는 아이에게 참고 견디는 법을 가르치지 않고, 아이는 부모가 내가 바라는 것을 들어주지 못할 수도 있다는 것을 배우지 못한다.

이렇게 자란 아이들은 만족이나 욕구 지연을 견디지 못하고 공격성이나 충동성의 조절에서 어려움을 겪는다. 사회 질서와 규칙을 내재화시키지 못하고 사회의 이익과 가치를 존중할 줄 모르게 된다. 타인에 대한 공감과 배려 능력이 부족한 것은 물론이다. 한마디로 부모의 과잉보호 아래 자기밖에 모르는 아이로 자라나게 되는 것이다. 자기애성 성격장애는 이러한 이기주의의 극단적인 모습으로 이해하면 된다.

'자기밖에 모르는 사람은 자기 자신을 모르는 사람이다'라는 박노해 시인의 말은 이기주의의 민낯에 대한 적확한 표현으로 마음속에 항상 새겨두고 있다. 이기적인 사람에게 꼭 해주고 싶은 말인데 아직 그래보지는 못했다.

개인주의와 이기주의가 차이 나는 지점은 개인의 가치를 추구하면서 타인을 배려하는지 그렇지 않은지, 타인의 행복이나 이익에도 신경을 쓰고 관심을 가지는지에 있다. 그런데 이것만으로는 부족하다. 무엇인가 중요한 것이 빠졌다.

여기서 다시 편집자의 궁금증으로 돌아가보자. 스스로는 개인주의자로 여기고 있는데 타인에게 이기주의자로 비난받으면 화가 나는 이유가 무엇일까? 개인주의는 타인의 시선으로부터 자유로워지는 것에서 출발한다. 그래서 개인주의자는 남이 나를 이기주의자로 비난하거나 매도하더라도 전혀 신경을 쓰지 않는다.

이기적인 사람이라는 말에 편집자가 그렇게 민감하게 반응한다는 자체가 타인의 시선이나 평판에 신경을 쓰고 있음을 의미한다. 결론적으로 편집자는 개인주의를 온전하게 추구하지 못하고 있다는 것이 정신과 의사의 해석이자 진단이다(사실 이 정도는 정신과 의사가 아니더라도 얼마든지 생각할 수 있다. 괜히 정신과 의사임을 내세워서 편집자에게 미안하다).

◎ 진정한 개인주의자란

그렇다면 나는 어떻게 개인주의를 추구하고 진정한 개인주의자로 살아갈 수 있을까?

사람은 혼자서 살아갈 수 없고 '나'라는 사람은 타인과의 교류와 상호작용의 경험에 기반해 규정되기에 개인주의자로 살아가면서 타인을 아예 신경 쓰지 않는다는 것은 있을 수 없는 일이다.

다음은 2년간 미국 피츠버그대학에서 연구년을 마치고 2014년에 한국으로 돌아와 서울대학교 의과대학 정신과학교실 동문회보에 쓴 연수기의 한 구절이다.

앞으로 하고 싶은 일과 해야 할 일이 많다. 태어나서 40여 년 동안 내가 하고 싶은 것보다는 내게 주어진 것을 주로 하면서 살아왔는데 소아정신과 의사로서 내가 평생 하고 싶은 것을 찾았다는 것이 피츠버그 연수의 가장 큰 수확이다.

2012년에 연수를 떠나기 전까지는 병원과 학회의 온갖 일을 도맡아 하면서 정말 눈코 뜰 새 없이 바빴다. 마치 매일매일 테트리스 게임을 하는 기분이었다. 쉴 새 없이 쏟아지는 테트리스 블록들을 바로바로 처리하지 않으면 게임 오버. 윗분들에게 엄청 깨지는 건 기본. 이렇게 기계처럼 돌아가는 바쁜 일상 속에서 내가 하고 싶은 일이 무엇인지 생각할 시간이 없는 것은 어쩌면 당연했다. 아니 당연하다고 받아들였다.

이렇듯 한국의 집단주의 문화와 조직에서는 아랫사람에게 개인주의를 허용하고 추구할 겨를을 좀처럼 주지 않는 것이 사실이다. 하지만 이 역시 핑계일 뿐이다. 문제는 나 자신에게 있었다.

걱정과 불안이 많은 성향 등으로 어려서부터 타인의 시선과 평판에 기대어 '나'라는 사람을 규정해왔기에 타인이 부탁하는 일을 거절하지 못하고, 주어지는 일을 잘해내어 타인의 인정과 칭찬을 받는 것을 삶의 동력으로 삼아왔던 것이 문제의 핵심이었던 것이다.

개인주의자로 살아가기 위해서는 자기가 하고 싶은 것이 무엇인지 명확하게 인지하고 있어야 한다. 내가 하고 싶은 일이나 해야 할 일이 분명하면, 하지 않아도 될 일을 구별하고 거절할 수 있게 된다. 특히 내가 아닌 다른 사람이 해도 되는 일이 이에 해당한다.

이런 경우 내가 거절하거나 사양하는 이유가 분명하기 때문에 상대방의 표정이나 기분, 상대방이 무슨 생각을 할지에 신경을 쓰지 않을 수 있다.

◎ 눈치 No! 정확한 의사소통 Yes!

눈치에 대한 이야기를 하지 않을 수 없다.《눈치, 한국인의 비밀 무기The power of nunchi》(유니 홍 지음, 김지혜 옮김, 덴스토리, 2020)에서 정의하는 '눈치'는 '다른 사람의 신뢰를 얻고 서로 화합하며 관계를 맺기 위해 타인의 생각과 느낌을 살피는 섬세한 기술'이다. 눈치의 사전적 정의도 '남의 마음을 그때그때 상황으로 미루어 알아내는 것'으로 의사소통과 대인관계를 위해 갖추어야 할 고급 기술처럼 여겨진다.

하지만 개인주의의 관점에서는 눈치를 긍정적으로만 바라볼 수 없다. 사실 개인주의를 추구하면서 내가 좋아하지 않게 된 대표적인 말이 눈치와 '의중'이다. 집단주의 문화에 젖어 있는 사람들은 타인의 시선에 예민하기 때문에 다른 사람의 눈치를 많이 보기 마련이다.

어려서부터 나도 눈치가 빠른 편이었다. 타인의 의도와 의중을 빠른 시간 내에 정확하게 파악하는 것을 자랑처럼 여기던 때도 있었다. 환자의 표정과 몸짓, 침묵 등의 비언어에 주의를 세심하게 기울여야 하는 정신과 의사에게 눈치는 필수 덕목이기도 하다.

하지만 이제는 타인의 말이나 행동이 명확하지 않으면 그

타인을 '배려'하는 마음 사용 설명서

에 대해 더 이상 생각하지 않고 내 기억 속에서 지워버린다. 눈치를 보고 의중을 알아내려고 들이는 시간과 에너지가 너무 소모적이고 피곤하기 때문이다.

항상 애매모호하고 두루뭉술하게 말하는 사람들이 있다. 특히 윗사람이 이러면 아랫사람은 정말 피곤하다. 이런 사람들은 아랫사람이 자신의 눈치를 보고 의중을 파악하려고 애쓰는 것을 마치 자신에게 주어진 특권인 양 여기면서 아랫사람이 안절부절 못하고 쩔쩔매는 것을 즐기기도 한다.

내가 맺고 싶은 인간관계를 선택할 수 있을 만큼 나이를 먹은 지금은, 이런 사람들의 말이나 표정, 행동에 바로 반응하지 않는다. 그냥 이들이 무엇인가를 분명하게 말하거나 요청할 때까지 기다린다.

나의 대답이나 도움이 정말 필요한 사람이라면 답답해서라도 결국에는 확실하게 의사를 표현한다. 영영 그렇게 하지 못하는 사람(진짜 있다. 아니 많다)과는 관계를 더 이상 이어가지 않으면 된다. 이렇게 해도 내게는 아무런 해가 되지 않는다. 나를 믿고 이렇게 해 보시기를 바란다. 인간관계가 정말 편하고 자유로워진다.

마찬가지로 타인에게 관심을 보이고 조언할 때도 내 의견과 권유를 상대방이 받아들이는지 그러지 않는지에 별로 신경을 쓰지 않는다. 내가 상대방에게 충분히 내 의사를 전달했다고 생각하면 그것으로 됐다고 여긴다. 선택과 결정은 상대방이 하는 것이기 때문이다. 나의 의견이 받아들여지지 않았다고 화를 내지도 서운해하지도 않는다. 물론 의료의 결정적이고 중요한 순간들에서는 타인을 설득하려고 최선을 다해야 하지만 말이다.

이렇게 개인주의의 마지막 퍼즐이 맞춰졌다. 각자의 고유성과 다양성을 존중하고, 타인을 배려하고 이해하며 수용할 줄 아는 개인주의는 타인과의 명확한 의사소통 위에 건강하게 세워지고 완성될 수 있음을 이제는 편집자도 이해했으리라고 믿는다.

Self Check

1. 나는 다른 사람의 눈치를 보는 편인가?
2. 자신이 가진 습관들을 나열해보고, 개인주의와 이기주의 둘 중 어느 쪽에 더 가까운지 생각해보자.

나무늘보의 삶이 필요한 시대가 되었는지도

무관심 ◐ 둔감

◎ 나의 디폴트, 무표정

"너는 애가 왜 그렇게 표정이 없니?"

"너 같이 말이 없고 무표정한 애는 처음이야."

"그렇게 말이 없는데 정신과 의사는 제대로 하겠어."

지금도 말이 없지만 어려서는 더 말이 없었다. 말 없고 조용하고 눈에 띄지 않는 아이. 내가 기억하는 어릴 적 나의 모습이다. 친구들이나 선후배들의 기억도 비슷할 것이다. 정신과 의사를 제대로 할 수 있을지 걱정한 선배도 있었는데 다행히 정신과 의사는 말하기보다 듣기를 잘 해야 해서 어쩔 수 없는 나의 천직이라는 생각이 든다(나를 걱정한 선배는 말이 많은 사람이었다).

이뿐만 아니라 어려서부터 반응이 늦었다. 애니메이션 〈주토피아Zootopia〉의 나무늘보를 떠올려보면 된다. 기뻐하는 것도 슬퍼하는 것도 남들보다 몇 박자씩 느렸다. 무슨 사건이 생기면 아내는 그 직후보다 시간이 조금 흐른 후의 내 표정과 반응을 살핀다. 나의 감정 반응이 서서히 일어난다는 것을 잘 알기 때문이다.

나는 그 이유를 안다. 나의 둔감함과 무표정은 예민함으로부터 나를 지키기 위한 보상작용이다. 삶에서 마주하는 문제들에 스트레스를 받고 예민하게 반응할 나 자신이 피곤해서 일단 '부정'이나 '회피'의 방어 기제를 사용해 정보와 자극을 차단부터 하고 보는 것이다. 그러고 나서 내가 감당할 수 있을 만큼의 정보만 천천히 단계적으로 받아들인다. 공포나 불안 제거의 행동치료법인 체계적 둔감법systematic desensitization을 무의식적으로 시행하고 있는 것이라고 할 수 있다.

둔감은 '무딘 감정이나 감각'이라고 사전에 나와 있다. 이 책을 쓰면서 수많은 감정들의 사전적 정의를 찾아보았는데, 둔

타인을 '배려'하는 마음 사용 설명서

감이라는 말이 주는 어감처럼 그렇게 간단하고 담백한 정의는 처음이었다. 영어로 가장 가까운 말은 'insensitive(무감각한)'이다.

무관심은 '관심이나 흥미가 없다'는 뜻으로 영어로는 'indifferent'나 'uninterested'를 사용한다. 정신과 수련을 시작하면서 배운 수많은 정신병리 중 기억에 더 많이 남는 몇 개 단어 중 하나가 무관심indifferent이다.

정신과 의사라면 다 알겠지만, 이 말을 좋은 뜻으로 쓰는 경우는 없다. "너는 왜 그렇게 indifferent하니(또는 apathetic하니)?"라는 말을 들으면 정신과 의사의 대부분은 움찔한다. 무관심하고 냉담할 뿐 아니라 정신과 의사의 기본 소양인 공감 능력을 갖추지 못한 사람이라는 뜻으로 들리기 때문이다. 아무튼 내가 많이 들어본 말이다.

이처럼 무관심이나 무표정은 부끄럽게도 나를 규정짓는 몇 개의 키워드에 해당된다. 부인하고 싶은 생각은 없다. 이제는 무표정이 디폴트default임을 아이들도 안다. 내 얼굴과 마주치는 순간 아이들이 내 표정에서 감정을 읽으려고 노력하는 것이 역력함을 언제나 깨닫는다.

"아빠, 디폴트 표정을 바꾸어보시면 안 돼요? 웃는 표정이면 좋겠는데요."

그러면서 자기네 손으로 내 입꼬리를 올려주기도 한다. 이렇게 핀잔처럼 항상 듣는 말이지만 어쩌겠는가. 바꾸려고 애쓰는데 잘 안 되는 것은 그냥 포기하고 끌어안고 사는 것이 정신건강에 좋다고 위안할 뿐이다.

그래도 대인관계나 진료 현장에서 무관심하다는 오해를 살 수 있는 무표정은 고쳐보려고 노력하고 있다. 하지만 예민함에 대한 방어 기제에 따라 습관처럼 자리 잡은 둔감함은 포기하고 싶은 생각이 없다. 둔감함이 쓸모 있을 때가 많다는 것을 알기 때문이다.

◎ 무관심과 둔감의 장점을 이용한 삶

매일 오전 10시가 되면 코로나19 확진자 수를 확인하는 것이 지난 1년여 동안 버릇처럼 되어버렸다. 확진자 수가 늘어나면 걱정하고 줄어들면 기뻐하고. 언제부터인지 나도 모르게 코로나19 확진자 수에 일희일비—喜—悲하고 있었다. 그러다가 깨달았다. 이렇게 신경 쓰는 것은 나의 정신건강이나 내가 하는 일에 아무런 도움이 되지 않는다는 것을.

백신도 마찬가지다. 화이자가 먼저 들어오는지, 아스트라제

네카가 먼저 들어오는지, 백신 접종이 언제 시작되는지, 몇 분기에 얼마나 많은 백신이 들어오는지, 집단면역은 언제 이루어질 것인지 등등. 어차피 내가 선택할 수 없고 언제 맞을지 알 수 없는 백신이라면 그냥 신경 끄고 기다리는 것이 속 편하다.

그런 일이 많다. 특히 사람들은 남의 일에 관심들이 많다. 누구 아이가 어떻게 크는지(육아 예능), 누가 무슨 음식을 어떻게 만들고 어떻게 먹는지(요리 예능과 쿡방, 먹방), 누가 누구보다 노래를 잘 하는지(오디션 예능), 지상파와 케이블 채널은 이러한 이야기들로 넘쳐난다.

아이들을, 음식들을, 노래들을 소비하는 프로그램들을 시청하지 않은 지 오래다. 대신 세상에 대한 관심을 안으로 돌려서 나의 아이들과 함께 시간을 보내고 가족이 같이 먹을 음식에 신경을 쓴다.

아주 가끔은 세상 돌아가는 일에 둔감해질 필요가 있음을 느낀다. 홍수처럼 쏟아지는 수많은 정보와 선택지에서 벗어나 오롯이 나 자신에게 집중할 시간이 있어야 함을 깨닫는다. 나에게 둔감함은 세상사에 휩쓸려서 나를 잃어버리지 않고 삶의 중심을 지키기 위한 하나의 심리적 안전장치라고 할 수 있다.

세상사에 촉각을 곤두세우고 행여나 내가 모르는 일이 생길까, 정확히는 모르고 지나가는 일로 내가 손해를 보지나 않을까 전전긍긍하며 매사에 뒤처지지 않으려고 애쓰는 것이 우리네 일상이다. 하지만 대부분의 세상일 중 내가 모르거나 놓쳐서 나중에 아쉽거나 후회할 일은 실은 그렇게 많지 않다.

남이 어떻든 신경 쓰지 않고 내가 정말 좋아하고 아끼며 소중하게 여기는 것들에서 기쁨을 찾고 행복을 누리는 삶의 자세가 필요하고 중요함을 새삼 깨닫는다.

세상이 어떻게 돌아가는지에 무관심해서는 안 되겠지만 세상사의 유행과 변화에 둔감한 것을 너무 걱정하거나 불안해할 필요는 없다, 느릿느릿한 나무늘보의 삶, 살아보면 생각보다 괜찮다.

Self Check

1. 개인적으로 무관심한 부분들을 떠올려보고 나의 삶에 긍정적인지, 부정적인지 생각해보자.

2. '둔감'해도 좋을 것들을 떠올려보자.

타인을 '배려'하는 마음 사용 설명서

믿는 만큼 자라는 것을, 믿는다

방임 ◑ 관대

◎ 공감과 이타주의가 기준

이 글을 쓰고 있는 지금, 아동학대로 인한 16개월 영아 사망 사건으로 온 나라가 시끄럽다. 평소에도 의료인이자 소아정신과 의사, 그리고 서울대학교병원 아동보호위원회 팀의 일원으로 아동학대 사건을 많이 보고 듣는다.

'학대abuse'와 항상 같이 붙어 다니는 말이 있다. 바로 '방임neglect'이다. 〈아동 학대와 방임Child Abuse & Neglect〉이라는 전문 학술지도 있다. 1977년에 만들어졌으니 꽤 오랜 역사를 지닌 저널이다.

방임의 사전적 정의는 '돌보거나 간섭하지 않고 제멋대로 내버려둠'이다. 부모-자녀 관계에서는 부모가 아이의 기본 욕구를 지속적으로 충족시키지 않는 것을 말하는데, 밥 주지 않고 씻기지 않는 등의 기본 양육을 이행하지 않는 것에 더해 학교에 등교시키지 않는 것과 같이 교육에 소홀한 것도 방임에 포함된다.

　우리나라는 몇 차례의 심각한 아동학대 사건을 경험하고 나서 최근에야 국가 차원에서 장기결석, 미취학 아동을 조사하고 점검하기 시작했다.

　2020년 7월에 있었던 부모의 자녀 체벌금지와 관련한 '민법 915조' 국회토론회에서 나는 정신과 의사로서 바라보는 '훈육과 체벌, 학대의 경계'에 대해 토론하며, 체벌과 학대의 경계는 모호하고 체벌의 해로운 영향은 학대로 인한 영향과 다를 바가 없다고 결론지었다.

　우리나라처럼 가족주의의 특성이 강한 나라에서는 특히 부모가 아이를 자신의 소유물처럼 바라보고 통제하는 경향이 있기에 체벌과 학대의 경계가 모호해질 가능성이 다른 나라에 비해 높다.

　관대와 방임의 경계도 마찬가지로 모호할 수 있다고 생각한다. '관대하다'는 마음이 너그럽고 크다는 뜻이다. 반대말

타인을 '배려'하는 마음 사용 설명서

은 '옹졸하다'이다. 영어로는 'generous'가 가장 가까운 말이다. 관대와 자주 같이 쓰이는 말이면서 관대함에서 비롯되는 대표적인 행동은 '자선charity'이다. 남을 불쌍히 여겨 도와준다는 뜻으로 너그러움이나 관용의 뜻도 같이 들어 있다. 알다시피 자선은 아무런 대가를 바라지 않고 베푸는 것을 말한다. 이처럼 관대함에는 '이타주의'의 마음이 들어 있다.

관대함은 공감 능력과 관련이 있다. 2007년에 〈플로스 원 PLoS One〉에 실린 연구[9]에서는 연구대상자 68명을 옥시토신 oxytocin이나 위약(플라시보placebo)에 무작위 배정했는데, 옥시토신을 투여한 사람들이 플라시보 투여 군에 비해 낯선 사람들에게 돈을 더 나누어주는 관대함을 보여주었다. 옥시토신은 공감 능력의 기본이 되는 애착이나 신뢰와 관련 있는 호르몬으로 알려져 있다.

◎ 더 헷갈리는, 육아에서

너그러움이나 관대함은 나와는 거리가 먼 단어다. 일을 함에 있어 꼼꼼하고 깐깐하며 강박적이기에 주위 사람들을 힘들고 피곤하게 만들 때가 많다(이 기회를 빌어 미안하다는 말을 하고 싶다. 나도 이렇게 살고 싶지 않은데 잘 고쳐지지가 않는다). 존경하는 정신과학교실의 은사이신 권준수 교수님의 책 제목처럼 《나는 왜 나를 피곤하게 하는가》라고 되뇌인 적이 한두 번이 아니다.

아이를 키우면서도 '어떻게 하면 아이에게 관대해질 수 있을까'가 가장 큰 고민이자 화두였다. 부모님의 엄격한 훈육 아래 자라온 나로서는 아이를 키우는 데 권위주의적인 것 외에 다른 방법은 알지 못했다. 부모의 4가지 육아 태도인 권위적, 권위주의적, 허용적, 방임적 태도 중 허용적인 육아가 아이를 관대하게 키우는 것에 가까울 것이다.

작은 아이는 중학교 때 엎어지면 코 닿을 거리에 있는 학교에 밥 먹듯이 지각했다. 집에서 교문까지 전속력으로 뛰면 30초, 설렁설렁 걸어가도 2분이면 도착하는 학교다. 처음에는 지각하는 줄도 몰랐다. 계속되는 지각을 지켜보다 못한 담임선생님이 연락을 주셔서 알게 되었다.

아이는 민망해했다. "제가 알아서 할게요"라고 말하면 엄마, 아빠가 더 이상 채근하지 않고 "그래, 그럼 믿는다"고 물러나주니 제 딴에는 매사가 자유롭고 편했을 것이다. 그러다가 '알아서 잘 하고 있지 않음'이 들통나버린 것이다.

그래도 여느 때와 마찬가지로 우리 부부는 큰소리를 내지 않았다. 두 가지만 말했다. 먼저 지각과 결석은 사람의 성실도를 말해주는 지표라고. 어디서든 지각하는 사람을 좋게 보는 곳은 없다고. 두 번째로 고등학교에서는 출결이 대학 입시에 중요하게 작용한다고. 생활기록부에 병결이 있어도 대학에서는 색안경을 끼고 바라본다고. 크게 혼날 줄 알았던 아이는 의외라는 반응이었다. 하지만 무엇인가를 깨닫는 눈치였다.

그 이후로 아이는 한두 번 더 지각을 했지만 고등학생이 되어서는 한 번도 지각하지 않았다. 학원에 늦는 때는 종종 있지만 학교에는 절대로 늦지 않는다. 관대함에 대해 생각하면서 이 작은 에피소드가 떠오른 이유는 무엇일까.

우리와는 다르게 반응한 부모도 있었을 것이다. 부모가 아이의 알람을 맞춰주거나 출근해서 아이가 일어나야 할 시간에 전화를 거는 것이 일반적인 반응일 것이다. 우리도 아이가 어릴 때는 그랬다. 제때 자고 제때 일어나서 등교하는 습관을 들이는 것은 매우 중요하니까. 하지만 아이가 스스로 할 수 있는 청소년이 되고 나서는 이렇게 옆에서 챙겨주지는 않는다.

"아이에게 지나치게 관대하신 것 아닌가요?"

우리에게 이렇게 말하면서 속으로는 아이를 '방임'하고 있다고 생각하는 사람도 분명히 있을 것이다. 하지만 우리가 이렇게 하는 것은 아이가 지각을 하든 말든 신경을 쓰지 않는 방임과는 엄연히 다르다.

◎ 기다릴 줄 아는 마음이어야

아이를 키움에 있어 관대함이란 아이가 스스로 올바르게 깨달을 때까지 기다릴 줄 아는 것이라는 믿음이 있으면 매사에 너그러워지고 편안해질 수 있다. 대부분 부모가 먼저 조바심이 나서 아이를 기다려주지 못하기에 간섭과 통제가 횡행하게 된다. 이러한 간섭과 통제로 부모와 아이가 서로 갈등하다가 궁극에는 반대편 극단인 방임으로 넘어가버리는 것을 소아정신과 의사로서 수없이 목격해왔다.

여성학자 박혜란의 《믿는 만큼 자라는 아이들》이라는 책 제목처럼 정말 아이들은 믿는만큼 자란다. 아이를 믿고 지켜보며 기다릴 줄 아는 관대함은 아이를 무럭무럭 자라나게 하는 자양분이다.

아이를 키우면서 이런 깨달음을 얻었기에 이제는 사람들과 일을 함에 있어서도 관대해지려고 노력한다. 그런데 잘 안 된다. 아무래도 시일이 촉박하고 마감 시한이 빠듯한 일이 많아서 그런지도 모르겠다.

처음 하는 일에서는 실수나 시행착오가 있을 수 있다는 것을 잘 알기에 일을 가르쳐주며 제대로 습득할 때까지 기다린다. 두 번째 시행착오까지는 지켜보다가 같은 실수가 세 번째 반복되면 그때부터는 관대함을 접는다. 배운 일을 계속 틀린다는 것은 정성이 부족하다는 뜻으로 생각하기 때문이다.

그래도 최대한 관대하려고 노력한다. 일을 제대로 가르쳐주지도 않고 일을 잘 해내기를 닦달했던, 관대하지도 않고 방임하기만 했던, 수많은 윗사람들의 전철을 밟지는 않겠다는 마음가짐과 함께 말이다.

관대와 방임에 대해 살펴보려다가 어떻게 하다 보니 관대함을 다짐하는 글을 써버리고 말았다. 하지만 이렇게 나의 마음을 정리할 수 있는 시간을 가졌기에 이 글이 더 소중하다. 관대함에 대해 더 잘 이해할 수 있게 된 것도 하나의 소득이다. 그래도 아직까지 이해되지 않고 궁금한 것이 있다. 글을 마치려는 시점에 들려온 소식인데, 아래에서 말하는 관대함의 뜻은 도통 짐작이 가지 않는다.

'미국 대통령은 퇴임 시 집무실 책상에 후임 대통령을 위한 메모를 남기는 전통이 있다. 바이든 대통령은 취임 첫

날 트럼프 전 대통령이 '매우 관대한 편지'를 남겼다고
말했다(Biden says Trump left him a 'very generous letter'
before departing White House).'

Self Check

1. 앞의 내용에서 언급된 '자녀의 지각'에 대해 나는 어떻게 반응하
는가? 또는 할 것인가?

2. '믿고 기다리기' 이외에도 '관대함'에 필요한 것은 무엇일까?

타인을 '배려'하는 마음 사용 설명서

사람이, 괴물이 되지 않으려면

유감 ◐ 미안

◎ 미안해서 미안해요

'자우림'의 1998년 곡인 '미안해 널 미워해'를 무척 좋아했는데 그때는 그 '미안해'의 뜻에 대해 깊이 생각해봤던 것 같지는 않다. '미워하는데 왜 미안하지?' 정도의 의문을 지니기는 했었다. 그해는 내가 전공의 1년차로 정신과 의사의 길에 들어선 해이다.

이 곡이 불현듯 머리에 떠오른 이유는 무엇일까? 그러지 않았다면 이 책 속 26개 글 중 마지막인 이 글은 나오지 못했다. 어떻게 그 수많은 감정을 생각하면서 미안과 유감을 생각하지 못했을까? 미안하다는 말을 입버릇처럼 달고 살고 있어서 이것이 감정이라는 것조차 깨닫지 못하고 있었던 것일까?

미안sorry의 사전적 정의는 '남에게 대하여 마음이 편치 못하고 부끄러움'이다. 유감은 '마음에 차지 아니하여 섭섭하거나 불만스럽게 남아 있는 느낌'이라고 사전에 나와 있다. 유감이란 말에 섭섭하다는 뜻이 들어가 있는 것이 인상적이다. 영어 단어로는 'regret'가 가까운데 유감, 애석, 후회 등으로 번역된다.

그런데 영어의 'sorry'는 미안 아닌 유감의 뜻으로 쓰이기도 한다. 고인의 죽음에 대해 안타까움과 슬픔을 표현하고 유족들을 위로할 때 유감이라는 표현을 자주 쓰는데, 영어로는 sorry를 많이 사용한다.

나는 미안하다는 말을 많이 한다. 주로 타인의 시간과 노력을 빌리는 것이 미안해서 그렇다. 외국에서 살 때는 더더욱 그랬다. "다시 한 번 말씀해주시겠어요?"의 의미로 사용하는 'Excuse me, say that again, sorry' 같은 표현 중 유독 sorry만 튀어나왔다(물론 sorry만 말하지는 못 했고 sorry와 함께 다시 말해줄 것을 정중하게 요청했다).

'영어가 모국어가 아닌 내가 알아듣지 못한 것이 잘못이다'는 미안함을 전제로 깔았기 때문이기도 하지만 상대방이 했던 말을 다시 하게 하는 게 정말로 미안해서 그랬다. 반면 say that again과 같은 말은 건방져 보일까 봐 죽었다 깨어나도 입 밖에 내지 못할 것 같았다. 그렇게 말해도 아무 상관없었을 텐데, 왜 그렇게 나는 '미안합니다'에서 벗어나지 못했을까? 그리고 이렇게 지나치게 미안해하는 사람들의 내면에는 어떤 심리가 자리 잡고 있는 것일까?

'미안합니다'라는 말이 지니는 여러 의미에 대해 먼저 생각해 보았다.

첫 번째는 '사과'의 의미다. 약속에 늦어서 다른 사람들을 기다리게 하거나 상대방에게 상처 주는 말을 했음을 깨닫고 사과의 의미로 말하는 '미안합니다'이다.

둘째, "미안합니다. 공연의 전 좌석이 매진되었습니다."처럼 실망스럽거나 나쁜 소식을 전달할 때에도 '미안합니다'라는 말을 쓴다.

셋째, 타인의 제의나 요청을 거절할 때에도 '미안합니다'라는 말을 쓴다. "점심 같이 할 수 있니?" "미안해, 끝내야 할 일이 있어서." 일상에서 흔히 마주하는 상황이다.

마지막으로 "지켜주지 못해서 미안해"처럼 돌이킬 수 없는 안타까운 상황이 처음부터 생기지 않았으면 하고 바랄 때 말하는, 가슴 아픈 '미안합니다.' 이 중 미안의 사전적 정의에 포함된 '부끄러움'의 감정이 들어간 미안함은 첫 번째와 마지막이다. 그러고 보면 부끄러움을 많이 느끼는 사람이 미안하다는 말을 자주 한다.

반대로 후안무치厚顔無恥한 사람들은 절대로 미안하다는 말을 하지 않는다. 정확히 말하면, 미안하다는 말을 하기도 하지만 우리가 아는 뜻으로 하지는 않는다. 그런 사람들을 많이 알고 있다. 타인의 시간과 재능, 노력을 쓰는 것을 아무렇지도 않게 여기는 사람들이다.

그렇기에 미안하다는 말을 많이 하는 것이 남에게 해롭지는 않을 것이다. 하지만 미안의 부작용이나 폐해에 대해서도 한번 생각해볼 필요는 있다.

◎ 미안하다는 말, 짧고 작게 해도

미안하다는 말을 지나치게 많이 하면 무엇인가 부족하고 결함이 있어서 타인에게 부탁과 요청만 하는 사람이라고 인식될 수 있다. 또한 미안하다는 말을 너무 자주 하면서 자신을 숙이고 낮추다보면 자존감까지 떨어지는 경험을 할 수 있다.

타인을 '배려'하는 마음 사용 설명서

사람의 말이나 태도는 마음가짐까지 바꾸기도 하기 때문이다. 또 미안하다는 말을 너무 자주 사용하면 나중에 정말 미안한 상황이 발생했을 때 말하는 미안함이 진심으로 전달되지 않을 수 있다.

미안해하지 않아도 되는 상황들이 종종 있다. 더 중요한 일이 생겨서 회의에 참석하지 못하거나 회의 일정을 변경해야할 때 같이 말이다. 이때 미안하다는 말을 하면 상대방은 내가 무슨 잘못을 해서 용서해주어야 한다고 생각할 수도 있다.

타인의 요청을 거절할 때 '미안하다'는 말을 쓰는 것이 쓰지 않는 경우보다 상대방에게 불쾌한 감정을 야기할 수 있다는 연구 결과도 나와 있다. 2017년에 〈심리학 프런티어Frontiers in Psychology〉에 실린 한 연구는 '미안하다고 말하는 것이 도움이 되지 않을 때: 사과가 사회적 거절에 미치는 영향(When saying sorry may not help: the impact of apologies on social rejections)'[10] 이라는 제목 자체가 연구의 결과를 한마디로 압축하고 있다.

미안하다고 말하면서 거절하면 상대방의 마음에 더 상처를 주거나 상대방으로부터 공격적인 행동을 더 유발할 수 있다는 것이 연구 결과의 핵심이다. 연구 하나의 결과를 곧이곧대로 받아들여서는 안 되겠지만 최소한 '사회적 거절의 부정적인 영향은 미안하다는 단순한 사과 한마디로 개선되지는 않으며 오히려 악화될 수도 있다'는 뜻 정도로 이해하면 좋겠다.

하지만 한국 사람의 언어 습관상 거절하면서 미안하다는 말을 하지 않기는 어려울 것이다. 다만 미안하다고 말하더라도 짧게 그리고 작게(하지만 들릴 정도로는) 말하는 것이 좋겠다.

◎ 사람답게 사는 방법

미안과 유감에 대해 쓰면서 미안의 첫 번째 의미로 언급한 사과를 빼놓을 수 없다. 최근 전임자의 과오에 대한 서울시장의 사과가 세간의 주목을 끌었다. 사과의 사전적 정의는 '자기의 잘못을 인정하고 용서를 빎'이다. 여기서 핵심은 사과하는 사람이 잘못에 대한 책임을 인정하는 것이다.

《사과의 힘The Power of Apology》을 쓴 베벌리 엥겔Beverly Engel은 진정한 사과에는 3R이 필요하다고 했다. 첫째는 유감Regret으로, 자신의 잘못으로 의도와 관계없이 상대방에게 상처를 주었음을 인정하고 상대의 아픔에 공감하는 것이다.

사과드립니다.

타인을 '배려'하는 마음 사용 설명서

전임 시장 재직 시절 있었던 성희롱·성폭력 사건에 대해 서울특별시를 대표하는 현직 서울시장으로서 진심으로 사과드립니다.

지난 1년여간 말로 표현할 수 없을 만큼 힘든 시간을 보낸 피해자와 가족 분들께도 깊은 위로의 말씀을 드립니다.

이처럼 서울시장의 사과문 첫 부분에는 유감이 충분히 표현되었다. 여기서 중요한 것은 무엇이 잘못인지를 분명하게 밝히는 것인데, 이에 대비되는 이전 사과들은 사과의 대상이 불분명하거나 구체적으로 무엇을 잘못했는지 인정하지 않았다.

두 번째 R은 책임Responsibility이다. 3R 중 가장 중요한 지점이다. 첫 번째 R인 유감에는 책임이 포함되지 않음을 명심해야 한다(유감의 표현만으로 자신은 사과를 했으니 할 도리를 다했다고 믿는 사람들을 위해 하는 말이다). "제가 잘못했습니다"에 이어 "제 책임입니다"라고 명확하게 말해야 한다.

세 번째 R은 보상Remedy이다. 이미 일어난 일을 되돌릴 수는 없지만 상대방의 상처를 어떻게 치유하려고 노력할 것인지 말해야 한다. 서울시장의 사과처럼 개선책이나 예방책을 제시하는 것도 포함된다.

진료실에서 학교폭력을 비롯한 사회적 괴롭힘social bullying

의 피해자를 많이 만난다. 그들이 가해자에게 바라는 것은 진심어린 사과다. 아이 엄마는 말했다.

"미안하다는 말 한마디면 되는데 저쪽에서 잘못이 없다며 날을 세우고 나오니 마음이 상해서 결국에는 일이 이렇게 커져버렸네요."

때로는 진정한 사과만으로 모든 일이 순조롭게 해결되는 것을 자주 보아왔기에 이런 말을 들으면 안타깝기만 하다.

시카고Chicago의 '미안하다고 말하기 어려워(Hard to say I'm sorry)'나 엘튼 존Elton John의 '미안은 가장 어려운 말인 것 같아(Sorry seems to be the hardest word)'와 같은 명곡들이 동서고금을 막론하고 대중들에게 사랑받는 것은 다 이유가 있다. 그만큼 '미안하다'는 말을 하기가 쉽지 않다는 것에 사람들이 공감하기 때문이다.

지나치게 미안해하는 것도 경계해야 하겠지만 미안한 일이 있으면 제대로 미안해하고, 책임져야 할 일이 있으면 유감 표명에 그치지 말고 진정으로 사과할 수 있어야 괴물이 아닌 사람이 될 수 있다.

홍상수 감독의 영화 〈생활의 발견〉에서 주인공 경수(김상경 분)가 '우리, 사람은 되기 힘들어도 괴물은 되지 맙시다'라고

타인을 '배려'하는 마음 사용 설명서

말하기는 했지만 사람으로 태어난 이상, 사람이 되어서 사람답게 살아야 하지 않겠는가.

Self Check

1. 나는 미안하다는 말을 얼마나 자주 하는가?

2. 사과할 때, 나는 3R을 지키는가?

참고문헌

1)

Pham S, Porta G, Biernesser C, Walker Payne M, Iyengar S, Melhem N, Brent DA. The burden of bereavement: early-onset depression and impairment in youths bereaved by sudden parental death in a 7-year prospective study. Am J Psychiatry 2019;175(9):887-896.

2)

Stone LB, Hankin BL, Gibb BE, Abela JR. Co-rumination predicts the onset of depressive disorders during adolescence. J Abnorm Psychol 2011;120(3):752-757.

3)

Bromet EJ, Atwoli L, Kawakami N, Navarro-Mateu F, Piotrowski P, King AJ, Aguilar-Gaxiola S, Alonso J, Bunting B, Demyttenaere K, Florescu S, de Girolamo G, Gluzman S, Haro JM, de Jonge P, Karam EG, Lee S, Kovess-Masfety V, Medina-Mora ME, Mneimneh Z, Pennell BE, Posada-Villa J, Salmerón D, Takeshima T, Kessler RC. Post-traumatic stress disorder associated with natural and human-made disasters in the World Mental Health Surveys. Psychol Med 2017;47(2): 227-241.

4)

Shin J, Kim KM, Lee KH, Hong SB, Lee J, Choi CH, Han JY, Kim SH, Suh DE, Cho SC, Kim JW. Psychometric properties and factor structure of the Korean version of the screen for child anxiety related emotional disorders (SCARED). BMC Psychiatry 2020;20(1):89

5)

https://www.theatlantic.com/magazine/archive/2013/05/thanks-mom/309287/

6)

https://positivepsychologynews.com/news/george-vaillant/200907163163

7)

Zeki S, Romaya JP. Neural correlates of hate. PLoS One 2008;3(10):e3556.

8)

Bartels A, Zeki S The neural correlates of maternal and romantic love. Neuroimage 2004;21(3):1155–1166.

9)

Zak PJ, Stanton AA, Ahmadi S. Oxytocin increases generosity in humans. PLoS One 2007;2(1):e1128.

10)

Freedman G, Burgoon EM, Ferrell JD, Pennebaker JW, Beer JS. When saying sorry may not help: the impact of apologies on social rejections. Front Psychol 2017;8:1375.